蒲韵吟草

王麦对 著

作家出版社

图书在版编目（CIP）数据

蒲韵吟草 / 王麦对著 . -- 北京：作家出版社，2021.4

ISBN 978-7-5212-1367-6

Ⅰ .①蒲… Ⅱ .①王… Ⅲ .①诗词—作品集—中国—当代 Ⅳ .

① I227

中国版本图书馆 CIP 数据核字 (2021) 第 044609 号

蒲韵吟草

作　　者：	王麦对
责任编辑：	郑建华　李　雯
装帧设计：	山水悟道 图/书/工/作/室　QQ: 389035007
出版发行：	作家出版社有限公司
社　　址：	北京农展馆南里 10 号　　　邮　编：　100125
电话传真：	86-10-65067186（发行中心及邮购部） 86-10-65004079（总编室）

E-mail:zuojia@zuojia.net.cn

http://www.zuojiachubanshe.com

印　　刷：	北京玺诚印务有限公司
成品尺寸：	170 × 240
字　　数：	204 千
印　　张：	16.25
版　　次：	2021 年 4 月第 1 版
印　　次：	2021 年 4 月第 1 次印刷

ISBN 978-7-5212-1367-6

定　　价：99.00 元

王麦对：河南长垣市人，生于 1957 年，新蒲建设集团总经理，教授级高级工程师，高级经济师，房屋一级建造师，高级职业经济人；河南作家协会会员，中诗协研究会副会长、中华诗词学会会员、中国楹联协会会员、中国诗歌学会会员，《大河诗歌》常务副主编，曾在《当代中国诗词精选》《大河诗歌》《中华风》《文汇报》《新蒲人》报等报刊发表诗作数百首；其中《菩萨蛮·祝贺"嫦娥三号登月成功"》在第五届"羲之杯"全国诗书画家邀请赛中荣获一等奖，《蝶恋花·游门头沟》荣获"中国永定河诗词大赛"三等奖，《咏青钱神茶》荣获"青钱柳神茶海内外诗词大赛"优秀奖。

我是新蒲人

作词：王麦对
作曲：张一兵

1=G 4/4

```
5 - 3 1 | 5 5 6 5 - | 1 1 2 6 | 5· 3 2 - |
我    是   新 蒲 人，  来 自 大 中 原，
我    是   新 蒲 人，  纵 横 天 地 间，

2· 2 5 5 - | 3 2 1 6 - | 1 1 2 3 | 5 - - - |
滔 滔 黄 河   哺 育 我，  铮 铮 男 子 汉
巍 巍 嵩 山   我 性 格，  豪 情 冲 九 天，

5 - 5 - | 6 3 5 0 0 | 4 - 4 - | 5 2 3 0 0 |
胸 怀   凌 云 志，   乡 愁   放 一 边，
铁 肩   担 道 义，   托 起   新 家 园，

2 3 1 7 | 6 - 7 1 | 4 3 2 1 | 2 - - - |
登 高 筑 广 厦，   立 地 建 桥 涵，
困 难 踩 脚 下，   高 歌 永 向 前，

3 4 5 1 | 6· 6 6 - | 2 3 4 2 | 5· 5 5 - |
诚 信 无 价 金 难 买，  万 年 伟 业 承 鲁 班，
诚 信 无 价 金 难 买，  万 年 伟 业 承 鲁 班，

1 2 3 1 | 4 4 4 4 5 | 6 - 5 2· 3 | 1 - - - |
美 好 世 界 咱 创 建， 万 年 伟 业 承 鲁 班，
美 好 世 界 咱 创 建， 万 年 伟 业 承 鲁 班，

3 4 5 1 | 6· 6 6 - | 2 3 4 2 | 5· 5 5 - |
诚 信 无 价 金 难 买，  万 年 伟 业 承 鲁 班，
诚 信 无 价 金 难 买，  万 年 伟 业 承 鲁 班，

1 2 3 1 | 4 4 4 4 5 | 6 - 5 0 | 2 - 2 3 | 1 - - - |
美 好 世 界 咱 创 建，万 年 伟 业   承 鲁 班。
美 好 世 界 咱 创 建，万 年 伟 业

1 - 1 - | 1 - - - ‖
承  鲁  班。
```

《蒲韵吟草》前言

黄莽

《蒲韵吟草》取自作者故乡和其公司之名。作者出生于河南长垣市（古称蒲城），其家族集团为"新蒲建设集团"。韵：作诗行文若无韵，白话也！韵本为形声字，音为形，匀为声。韵的本意指和谐的声音，也指风度、气质、情趣。韵也是一种境界，就是道。吟草：就是诗稿之意。

这本书有四言诗、五言诗、七言诗、现代诗歌、词、评论、杂文组成，蔚为壮观。需要说明的是，古体诗词分别为新韵和平水韵。他的作品得乐天之法，妇孺可懂；又如柳永将敷陈其事的赋法移植于词，同时充分运用俚语俗语，将适俗的意象铺叙、平淡无华的白描等独特的艺术个性发挥得淋漓尽致。而在其集团文化建设发展上，功不可没，产生了深远的影响。

赋诗填词，本为心声和情趣。需要有对生活的体验，更需要人生路上有磨炼，方能有感而发，故而有"诗、无关书也"之说。作者早早外出谋生，如今成就如日中天。两千多年前老子曰："饭足否，何信吾之！"我想，作者正是领悟到了此中之道，边创业边学习，才有如今之成就。李渔《闲情偶寄》曰："填词一道，文人之末技也。"然历代多有创作，可见虽为末技，亦有其可取之处，不可片面。圣人孔子曰："不学诗，何以言。"又曰："不有博弈者乎？为之犹贤乎已。"技无大小，古往今来，文人帝王皆好此道，吾辈犹能之；陶冶情操，修身立德，在纷纷扰扰的尘世中，在快节奏的生活中，游戏红尘，寄情山水，抒发心声，此乃乐哉！快哉！

其在"中国永定河诗词大赛"中的获奖作品《蝶恋花·游门头沟》："伫立西山天浩浩，**㶟**水流波，岁月人知晓。恰是菊花开正俏，门头沟畔秋光好。　信步悠悠寻古道，翠映伽蓝，万缕烟飘渺。胜地忘饥眉眼饱，京畿行去吟新调。"从传统创作上虽有章法之瑕，然赋诗填词，迂回穿插，亦无不可。这好比行军布阵，看似松散，然此作契合词谱，格律工稳，行文晓畅，用词亦颇考究。情景交融，有叙有议是其亮点。

古有"得中原者，得天下。"之说，中原也是中国人寻根之地。充分说明，河南是中华文化发祥地之一。在耳濡目染之下，老幼妇孺，谁不能吟几句？作诗若一味讲究技巧，而忽略其天然本质，那就死气沉沉。太白之佳句，神来之笔，浑然天成，得益于其道家思想和文学功底以及侠客般狂放不羁的性格，还有其浪漫情怀。杜甫之诗可歌可泣的厚重，得于其家学渊源以及悲天悯人的性格和生活的环境。东坡的豪放得于其三贬三地之经历，加上他参禅悟道，终为一代大家。作者亦有好句，如：

　　"旷宇涵今古，晴空送碧蓝。"《航空掠影》
　　"柴荆当锦缎，宣草胜弹簧。"《当年我会搭地铺》
　　"星渺逢人隐，披纱觉雾遮。"《当年星空何处寻》
　　"清泉夺耳目，飞沫溅衣服。"《翡翠谷》
　　"水至深坑起，树活新叶添。"《爱移果苗栽到家》
　　"身涉龙潭行愈勇，人隔银汉望犹难。"《攀登月老山》
　　"乱云飞渡来天际，峭壁横插近谷渊。"《游华山》
　　"入梦醒时空落泪，出门行处莫节粥。"《盼父归》
　　"已将瘦骨撑天地，任取薄薪孝父娘。"《建筑工人》
　　"心底犹藏真与善，世间需要路和房。"《建筑工人》
　　"时行千里皆一瞬，影破虚空傲九天。"《航空记》

　　在这些诗句里，我们能看到作者的生活缩影，也能感受到作者朴实的真善美，例如："已将瘦骨撑天地，任取薄薪孝父娘。""心底犹藏真与善，世间需要路和房。"

读来使人产生共鸣。

诗，重格调，品其味、寻其境，而格律次之。作者自2000年后作品日臻成熟，勇猛精进，在创作上灵活运用虚实相生的手法，情景兼顾，可谓佳作多多，如《游李白故居有感》："青莲酌酒千杯醉，铁杵磨针百日成。秀口赋诗三万句，流传四海月光声。"这首诗写作上格律工稳，几乎对仗完成，且句句不离题，特别是结句"月光声"三字，一语双光，让人联想到李白的"窗前明月光"，而且这个"声"字把"月光"写活了，具有动感，让人眼前一亮，遐想连篇，可谓神来之笔。《退休示儿并寄新蒲》："曾经几度艰，方有鹤冲天。儿孙需努力，共扶华夏安。"首句直截了当曾经的艰难，承句交代今日的成就。转句荡开写儿孙和新蒲，要继承上一辈的艰苦奋斗精神，结句寄以厚望，不忘初心。《秋思二》"坐久知谁语，行看觉月明。"《游戒台寺》"佛塔云根上，戒台天地间。"化典无痕，颇得禅语。还有如下佳句：

"转瞬如秋草，来年可复生？"《秋蝉》

"春风拽绿春光好，留影花前人似花。"《春游有感》

"秋寒侵瘦骨，花落惹诗心。"《秋思一》

"日月随身老，江湖入梦还。"《咏杜甫》

"色夺春光媚，魂含晓露胚。"《桃花》

"钟声寒石壁，法雨度心莲。"《游少林寺》

"人生若梦皆非梦，恰似竹枝词至真。"《游刘禹锡公园》

"莫教旧梦心头锁，自使豪情肩上扛。"《咏梅》

"寻梦江湖终未已，偷闲岁月复如何？"《春意》

作者对诗歌的喜爱，溢于言表，正如他书中所写："诗歌陪伴我走南闯北，陪我一个又一个春夏秋冬，直至终老，无怨无悔。"

曾在庚子年与其一起出游，又颇有感触，即兴一首《赠王麦对诗友》：

霜雪从来都不惧，天行健者玉为君。

吟诗煮酒英雄论，华夏新蒲耸入云。

以上管中窥豹，抛砖引玉，不足之处，敬请方家批评指正。

庚子年芬芳之月（初稿）

辛丑年桃月（定稿）

黄莽：号山水悟道，崇尚"佛心道为"，从事文学艺术工作，中诗协创始人兼董事会主席，出版著作多部，诗词歌曲多首。

《蒲韵吟草》序
——有诗的日子更精彩

叶延滨

诗友高旭旺是《大河》诗歌主编，他热心地荐来河南诗人王麦对的诗稿，我认真读后感想良多。

我从原任的主编位子上退下来以后，也经常读到许多诗友的诗稿，但因为所处的位子有变化，兴趣的焦点也有了变化，有一些新的视角。以前在主编的位子上，看诗稿主要为了刊物的需要。刊物版面有限，不可能顾及方方面面，于是较多关注青年新人，关注他们在诗歌艺术上的探索之作；较多关注名家，关注他们在文学史上的地位。办刊物抓住青年和名家，也就能在有限的版面，展示当下的诗歌概貌。但我心里也明白，对于整个诗坛而言，难免挂一漏万，诗歌的丰富生态现场绝不是刊物上几十页作品所能穷尽的，现实的诗歌生态更丰富、更生动、也更接地气。近几年，虽离开编辑岗位，仍在为诗歌做一些力所能及的事情，也有机会接触更多的诗歌生态，接触更多的诗人朋友。在现实生活中，除了那些经常在刊物上露面的诗人，还有许多以诗为伴、在各行各业大显身手的热爱诗歌的朋友。他们的写作，不是出自发表的欲望，而是源于内心的激情。他们不是用诗歌谋取名利，而是爱诗如友，终生相伴。

读王麦对的诗稿，我想到孔夫子对诗的重要论断，《论语·阳货》："诗，可以兴，可以观，可以群，可以怨。"兴、观、群、怨，是诗歌与生活最血肉的联系，也是诗歌生长最广阔的大地。因为有这样广阔而深厚的群众基础，诗歌才世世代代成为人们生活中滋养心灵的甘泉之源。读王麦对的诗，就是读民间的俊杰贤士对诗歌的挚爱，也是深入生活的一次采风，从王麦对的诗歌中可以观民气，体民意，察民心，不仅是一次诗友间的切磋，还可从中感知一种社会学的价值。王麦对先生不是一位专业诗人，他是一个在现实中奋斗的当代中国人。王麦对 1957 年生于河南长垣市，完成了大专学习，后被河南省陆军预备役高炮师授予中校军衔，2005 年被选为新乡市劳动模范，获"新乡市五·一劳动奖章"，先后任郑州市中原区第六届政协委员，郑州市中原区第十四届、第十五届人大代表。2008 年被河南省省政府授予"5·12 汶川大地震抗震救灾先进个人";2009 年和 2010 年被家乡长垣市人民政府先后授予"助学助教先进个人""慈善捐赠先进个人";2012 年被授予"河南省敬老之星"荣誉奖章。诗人的本职是建筑施工业，是新蒲建设集团创始人之一，现任新蒲建设集团有限公司总经理，新蒲建设集团有限公司党委副书记，他在其专业里是教授级高级工程师、高级经济师、高级职业经理人、房屋建筑一级建造师。这样一个在自己专业领域的成功人士，他对诗歌的喜爱，不是为了发表和名利，真正是以诗为伴，诗歌成为他生活中最好的伴侣。读他的诗，真是"兴、观、群、怨"尽其所用。同时，他的创作也得到了社会的认可。他被选为中诗协研究会副会长（兼河南办事处主任），是中华诗词学会会员、中国楹联协会会员、中国诗歌学会会员、世界汉诗协会会员，《大河诗歌》常务副主编、全国青少年文化艺术活动组织委员会河南分会常务副会长。其作品在《当代诗人作品精选》第七辑及《当代中国诗词精选》第六辑中收录，曾在《大河诗歌》《中华风》《文汇报》《新蒲人》报等报刊发表诗作数百首。作品曾多次获得全国性大奖，其中《菩萨蛮·祝贺"嫦娥三号登月成功"》在第五届"羲之杯"全国诗书画家邀请赛中，荣获一等奖；《蝶恋花·游门头沟》《咏青钱神茶》

及诗歌《我是新蒲人》在全国诗词竞赛中荣获优秀奖。我曾说，在当今时代，我们不是以诗文闻达于天下，而应提倡"健康人生，健康诗风"。古代文人千军万马挤在科举求仕的独木桥上，今天各行各业都给有才华的人提供创业开拓的成功机会。因此，像王麦对这样的成功人士，创业成功为社会多做贡献，爱诗如命让自己有诗意栖居的人生，实在是值得赞许肯定！

王麦对创作的诗歌作品，不拘一格，旧体为主，也写新诗，形式多样，诗、词、曲、赋，还写了大量的藏头诗。在当下传统诗词的写作，有严格按格律平仄的文人写作，也有基本押韵，五七言形式的新古体诗写作。著名诗人贺敬之先生近年就创作了大量的新古体诗，率先倡导。对于基本押韵不强求平仄的新古体诗，诗界也有批评之声，批评者是认真维护传统格律的严格精准。我以为，要让更多的人热爱诗歌，让诗歌走入更多的人群，对基本压韵的新古体写作，也应该支持。王麦对先生的写作，大体就是贺敬之先生所说的新古体诗，而且有不少值得品赏的佳作："弯月银光洒，流星向下滑。划空急闪烁，借问落谁家。"这首写夜空流星的短诗，写出了诗人仰望星空的感怀，也写了关注民生的现实追问，情景交融，自然妥帖，不露痕迹。再如诗人写霜降的诗作："送走雁飞南，迎来菊烂妍。秋风吹落叶,树木进冬眠。"在生动的自然画面中,动静相宜,外物与内心相亲。雁飞菊开,叶落树眠,这是大自然的变化,同时也写出了诗人内心那份不变的安祥。

王麦对的诗歌创作,除了继承传统,写出诗人对美好事物的热爱;更值得肯定的是诗人对当今世界的关注,写下了新的体验与新的思考。如写乘飞机的所见所思,气魄宏大,气象万千,高天流云间饱览天地万物:"俯首观云海,状奇呈万千。峰巅伏猛虎,雾里聚神仙。旷宇涵今古,晴空送碧蓝。欣迎夕阳落,遍地罩红衫。"旧诗写新事物,能有这样的尝试,当然值得肯定。王麦对先生对改革开放写了许多赞美歌颂的诗篇,是因为他曾经历了我们国家的风风雨雨,对曾经的挫折有深刻的反思,如写三年灾荒年的忆苦之作:"当年往事忆难全,大伙食堂印脑间。馍少粥稀留瘦影,肠饥肚饿见黄颜。垂涎直下观磨面,望眼欲穿守在前。待到收工人去后,蜂拥而至舔余残。"不忘昔日的教训,诗歌记录的这些场面让我们想起邓小平说的贫穷不是社会主义,更让我们珍惜今天全面实现小康的得之不易。这就是一个诗人的家国情怀,大爱大智!

一个好诗人还应该是个有真情的人,爱国也爱家,爱家也爱邻。亲情是血脉相连,友情是温暖互敬。王麦对的诗歌让我们看到一个有爱的人、一个有情的人。他的《盼父归》写出了对逝世亲人的思念："父乘仙鹤赴西游，儿盼早归心惦忧。入梦醒时空落泪，出门行处莫节粥。知寒问暖轻思量，吃饭穿衣细作周。尽道天堂无限好，待听目睹胜多筹？"诗人把亡父视作远行待归的亲人，细细叮嘱，嘘寒问暖，其中万千思念，都如寻常对话，读后让人动容。长诗《父母养育俺六个》由三十六首短诗组成，每一首短诗八行，两行七言，六行五言，独立成篇，又互相勾连，有细节的感人，也有真情的流露："爹娘生育俺六个，当年艰辛日难过。抽空把衣洗，推磨常熬夜。出门扛荆箩，拾秸能烧锅。粮少细筹划，挎篮野菜割。"这是其中的第七首，童年记忆中的生动场景叠印呈现，精心布局，层层推进，其中曾经的艰难也渗透了亲情大爱。王麦对的诗作，不是篇篇都无可挑剔，有些是感时而为的急就章，但他的作品，皆是真情流露，发乎内心，感于时事，也用于人际。比如他写了大量的藏头诗，有的是文友的名字，有的是身边的朋友和同事，一一用诗表达自己的感想，像一份特殊的通讯录和朋友圈，虽然不是每首是佳品，但我能感受到诗人浓烈的情感，有心，有趣，有情，有义，实在难得！

读王麦对的诗歌，再一次让我看到了诗歌存在的意义。爱诗者将得到诗神的眷顾，无论何时何地，诗歌与他同在。王麦对在事业上获得了成功，我祝愿他不骄不躁更上一层楼。王麦对与诗为伴，写了许多感人的诗篇，我也希望他精益求精在诗艺上更上一层楼。

爱诗者在大地上真正是诗意栖居者。以此短文，与诗人朋友和读者朋友共勉。

是为序。

2020 年初夏于北京

叶延滨，当代作家诗人，现任中国作家协会诗歌委员会主任，中国作家协会全委会名誉委员。

蒲韵吟草

目录

卷一

诗

卷二

词

卷三

现代诗歌

卷四

杂文

卷五

评论

卷一

诗

退休示儿并寄新蒲

曾经几度艰，方有鹤冲天。
儿孙需努力，共扶华夏安。

秋蝉

寒蝉凄切鸣，声响气难平。
转瞬如秋草，来年可复生？

春雨

小溪喜雨来，奏乐与谁猜。
岸柳春风舞，游人登凤台。

赏樱花

三月樱花漫，村头景色新。
风吹飞似雪，何故问原因。

蒲韵吟草

异乡逢秋有感

我似飘零客，江湖闯四方。
风吹残叶舞，何处是归乡。

春

桃花三月开，细柳与风裁。
好景年年有，相思独发呆。

庚子年抗疫有感

疫情漫世间，大爱有晴天。
互助心中暖，美名四海传。

见柳絮即景

何事闹心扉，风摇柳絮飞。
满城人掩面，落日洒余晖。

二十四节气（组诗）

立春

立春冬令走，一去不回头。

脱袄迎新岁，光阴莫废丢。

雨水

雨珠涤翠柳，汇聚万溪流。

润物呈新貌，春来贵似油。

惊蛰

虫眠皆睡醒，飞舞闹长空。

人恳争时令，适耕粮自丰。

春分

杏花开面前，怒放送春寒。

浓味传千里，诱人观貌颜。

清明

清明去上坟，扫墓祭先人。

忆往生前事，眼酸擦泪痕。

谷雨

东地种棉花，路西播早禾。

人欣春雨下，风起舞青波。

立夏

风滚把春辞，迎来麦穗齐。

升温结硕果，人喜貌欢愉。

小满

麦黄浆饱满，农具置齐全。

待等新粮下，归仓往里搬。

芒种

收麦众人忙，夏耕插晚秧。

时光催奋进，错过悔难当。

夏至

点萝栽小葱，收菜应春冬。

喜看餐桌上，蔬香笑面容。

小暑

杂草罩禾秧，田荒锄地忙。

阳光直射下，汗淌满身脏。

大暑

当空炎日照，天热味难熬。

身躲高温走，作息人自调。

立秋

休闲盼立秋，禾壮挂锄钩。

稻谷迎风舞，农夫喜泪流。

处暑

早菽摘绿豆，味美向锅丢。

玉米晶晶亮，煮吃香冒油。

白露

白露气温凉，收割忙断肠。

打场禾上垛，脱粒入新仓。

秋分

田里禾秸净，施肥把地耕。

封畦利灌溉，耩麦盼收成。

寒露

耧播油菜子，动手蒜苗植。

菠籽发芽绿，春天有副食。

霜降

送走雁飞南，迎来菊炟妍。

秋风吹落叶，树木进冬眠。

立冬

天冷收白菜，储存吃半年。

薯鲜搬进窖，久放味香甜。

小雪

雪小无除旱，水流浇麦田。

蘖枝铺满地，碧绿戏蓝天。

大雪

喜看飞白雪，天姿好绰约。
化融涤垢面，处处物清洁。

冬至

天寒出预案，防冻措施坚。
风险能思到，事成心里甜。

小寒

时令逢三九，做工需虑周。
手拙心尽到，大意愿能丢。

大寒

新春在召唤，寒冷快熬完。
欢悦迎吉岁，祈福辞旧年。

蒲韵吟草

数星星

抬头望夜空，张口数星星。

向我眯眯笑，密繁查不清。

戏明月

欢笑戏明月，人奔月紧挪。

疯狂将影甩，影赶伴一坨。

孝为先

万事孝为先，爹娘须惦牵。
今朝应尽到，留与后人传。

恩他早忘去

恩他需忘去，受惠报无期。
恶小人别做，善微能累积。

爱看流星闪

弯月银光洒，流星向下滑。

划空急闪烁，借问落谁家。

过家家

幼儿心好学，模仿过生活。

捧土当成面，和泥去做馍。

虫鸣我爱捉

傍晚塘边坐，爱听蛙唱歌。
耳闻蟋蟀叫，慌起把它捉。

蝉往火里钻

蝉鸣人欲逮，居树入蓝天。
夜晚笼堆火，自飞朝里钻。

捉泥鳅

家旁是水沟，下面有泥鳅。
望孔从中找，光滑掌内溜。

涂泥满身挂

青泥手里抓，对仗满身撒。
坑里顽童笑，辨儿难住妈。

踏青遇到蛇

踏青逢到蛇，昂首护新家。

张口舌芯吐，人惊喜劲煞。

笑逮入箩筐

聚众闹坑塘，鱼虾遭祸殃。

水浑齐露首，笑逮入箩筐。

推铁环

铁钩推铁环，奔跑滚足前。

一路哗啦响，汗流湿满颜。

耍钢圈

与人玩钢圈，输者口腔衔。

着地朝前拱，必须合上边。

中原福塔

福珠吻彩霞，伸臂把天拉。
如意呈千户，吉祥送万家。

千玺大厦

远望如金塔，挺拔披彩霞。
夜来身闪烁，耀眼照天崖。

堵车

堵车急死人，约会警铃催。
何以不生翅，腾空天上飞。

开车还没步行快

长龙列数排，挪动寸艰难。
迈步提前到，开车悔万千。

秋日有怀

秋来多落寞，索句慰枯肠。
霜映芦花白，风摧木叶黄。
持壶浇块磊，垂线钓斜阳。
尘世何其短，心情尺莫量。

秋思

凭栏徒望远，不觉晚凉侵。
归鸟啼清苑，残烟笼暮林。
秋寒侵瘦骨，花落惹诗心。
回首苍茫处，黄昏野径深。

中秋二首

一

霜风萧瑟处，日隐暮霞残。

映水青莲老，惊风白露寒。

长街铺月色，静夜倚栏杆。

值此中秋日，冰轮举目看。

二

此夕清辉满，空余调叶声。

秋深花渐老，霜冷绪难平。

坐久知谁语，行看觉月明。

故园千里远，何处问归程。

游戒台寺二首

一

时闻城外好，今始访真山。

佛塔云根上，戒台天地间。

松风吹叶落，泉石带苔斑。

暂忘红尘事，偷来半日闲。

二

佛院依山建，戒台隔世喧。

松高风雨至，寺老古今屯。

鸟唳穿云断，禅声傍石吞。

开怀弥勒佛，笑尔入空门。

游潭柘寺

峰顶帝王树，盘旋若九虬。

禅声风外落，岚气雨前浮。

寺鼓消尘虑，岫云隔世忧。

人间多静处，最喜门头沟。

游老君山

奇峰开石壁，金顶列云端。

目尽觉空邈，崖危惊胆寒。

古今香火旺，天地道心宽。

欲识烟霞客，应来景室山。

游老君山二首

一

众壑拥金顶，石阶危壁延。

云移孤岭出，路转一峰悬。

铜像连天近，松根带藓坚。

道家朝圣地，千古老君山。

二

金顶天梯迥，跻攀一杖斜。

烟含松子粉，日炼鼎炉砂。

万仞悬崖险，千峰紫气遮。

白云憩泊处，应是道人家。

春游

久盼春来早，桃枝出院墙。

花香招蝶舞，树影纳身凉。

风缓迎新客，云开泻日光。

游来自足乐，何必是吾乡。

春游

何处登临客，风光最好时。

烟云开远岫，莺燕唱高枝。

逸趣独犹赏，诗心谁可知。

忽然怀古意，潇洒一吟之。

游开封

三点旅游处，八朝社稷廷。

悍辽开战势，文宋显颓形。

轻死英雄烈，精忠碧血腥。

天波杨府地，千古著高名。

游开封清明上河园

入眼春无数，恍如入画阑。

千年闲雨处，几度醉时寒。

近水临宣德，移图赞择端。

清明游历处，应在汴河边。

游天波杨府怀杨家忠烈

千载宋家来，沙场点将台。

雁门空岁月，关塞尽风雷。

玉帐春无恙，黎民泪欲开。

精忠杨太尉，殉国最堪哀。

咏杜甫

晚年归蜀地，风静草堂闲。

日月随身老，江湖入梦还。

五言推泰岳，三吏咏潼关。

诗圣众人仰，峰高不可攀。

桃花

满树红如染，千枝簇簇堆。
几曾争雨落，未许任人催。
色夺春光媚，魂含晓露胚。
香风迎面醉，便引蝶蜂回。

桃花

千株开正好，十里艳阳春。
玉女红妆色，天仙赤练身。
桃花娇欲困，人面态犹真。
崔护行经后，随风散陌尘。

咏金寨

小阁临山水，孤松引涧泉。

人家傍竹菊，花影印窗轩。

石壁分云坐，山翁担月还。

而今金寨里，处处小康年。

端午怀屈原

端午怀屈子，汨罗酹一樽。

有心难报国，无计可招魂。

逐水清尘垢，怀沙弃主恩。

精神终未死，孰恨楚王昏。

航空掠影

俯首观云海，状奇呈万千。

峰巅伏猛虎，雾里聚神仙。

旷宇涵今古，晴空送碧蓝。

欣迎夕阳落，遍地罩红衫。

当年我会搭地铺

人多何处躺，搭铺设为床。

就地先划线，围桩便筑墙。

柴荆当锦缎，宣草胜弹簧。

工竣心欢喜，酣然入梦乡。

游刘禹锡公园步韵黄莽会长

幽园集古韵，依若竹枝词。

留赋千年调，应钦万代师。

利名皆已矣，宠辱任由之。

陋室铭传颂，人间有好诗。

黄莽原玉《游刘禹锡公园有感》

古来长寿者，叹调竹枝词。

几贬悟真道，终为朝上师。

残身山气夕，众鸟布欣之。

苏轼何如尔，每每出好诗。

当年星空何处寻

今度元宵夜，问天是几何。

出门先望月，安步可当车。

星渺逢人躲，披纱觉雾遮。

有心观北斗，望眼找无着。

翡翠谷

今游翡翠谷，树茂罩人屋。

万物花开放，一山景自如。

清泉夺耳目，飞沫溅衣服。

张口吸新氧，舒心病便除。

小兔伴我度童年

童年多快乐，养兔度生活。

上地割青草，新鲜供嘴嗑。

毛柔洁似雪，温顺让人摸。

天性怜挖洞，风吹躲进窝。

爱移果苗栽到家

剜草麦田间，桃苗舞眼前。

铲挖将土带，跨步向家蹿。

水至深坑起，树活新叶添。

喜观枝干长，茂盛笑开颜。

双面人

汝吾双面人，好坏咋区分。

善举活菩萨，恶行野兽禽。

论德无百美，改过有一真。

处事需相顾，为人应互珍。

浮生必自爱，寡欲可修身。

咏中华青钱柳

古树苍茫生我家，今朝入药又为茶。
千层碧叶花开早，济世全球谁不夸。

莫贪财

人生路上遇金山，归属他方莫去搬。
刺目损神需躲走，若生邪念祸来前。

游李白故居有感

青莲酌酒千杯醉，铁杵磨针百日成。
秀口赋诗三万句，流传四海月光声。

游南京总统府有感（新韵）

房空人去不足见，昔日辉煌却僻零。
江水奔腾朝大海，一轮红日耀光明。

无题

繁华落尽是平淡，酒绿灯红梦里边。
风雨穿行几十载，琼花玉树了无言。

北京回郑州

高铁如飞且稳当，观书几页到家乡。
曾经辗转车行慢，更觉今朝国力强。

赠黄莽

美玉如君意蕴嘉，才情横溢冠中华。
修行得道品为德，诗赋生成笔下花。

劝君

春色无边多爱意，石榴群下风流鬼。
劝君珍惜眼前人，莫把家花当野卉。

名与利

宁静淡泊学范蠡，古今多少与之齐。
人间富贵如烟雾，行善有余财莫迷。

忆儿时

小时爱耍也调皮，逃学玩泥跨马骑。
父母含辛多少泪，而今有子亦能知。

读书

雄鸡一唱东方晓，数载读书为哪般。
鹤立风华能起舞，修身报国走泥丸。

打水仗

放学归来打水仗，一身湿透任风吹。
追逃嬉闹何妨冷，笑语声声未觉疲。

吃泥鳅

插秧时节尔肥时，田里抓来不足奇。

放入油锅调五味，妈妈见了乐开眉。

春游有感

春风拽绿春光好，留影花前人似花。

岁月无情催又老，来年翻看正风华。

堵车

马路纵横人如流，城中林立望高楼。
下班每每车难走，一曲心经忘了愁。

观油菜花有感

丽日田园着锦装，蜂飞蝶舞各相忙。
香随暖气风传出，身处花丛韵味长。

初春

莺歌婉转燕声低，两岸寒枝着绿衣。
二月东风轻试剪，悄裁柳色满长堤。

迎春花二首

一

点点星星满目黄，轻姿摇曳衬晴光。

此身携取东君信，报与春风第一香。

二

知春方可巧梳妆，悄染人间点点黄。

占得风中颜色好，唤来蜂蝶满庭芳。

月夜有怀

酒醉无眠夜渐深，恍如天地一微尘。
满城灯火通明处，唯有蟾光知我心。

赏景

遍地野花呈烂漫，绿丛大树罩青山。
黄莺欢跃逢人唱，游客和音声脆还。

游赤壁二首

一

行游赤壁感怀多，折戟沉沙浪打磨。
羽扇纶巾何处觅，唯余小棹弄烟波。

二

三国烽烟慨何多，当年故事费研磨。
而今静若平湖水，无雨无风无浪波。

方孝孺

笑谈宦海一通途，不屑青衫顶戴珠。
可怜雄武明成祖，难束人间方孝孺。

读白帝城托孤

白帝城前说托孤，空将阿斗作珍珠。
卧龙何若面南坐，千年蜀道变通途。

夏夜

忽绽昙花香愈浓，点点萤灯与夜溶。
已闭蝉音无觅处，一钩残月挂帘栊。

戏题不服老

松柏经霜老愈坚，人生磨砺敢为先。
何将壮志输潘鬓，却道心中似少年。

游李商隐公园

锦瑟轻调第几弦？试从唐韵觅前贤。

游来恍越千年处，青鸟传音到耳边。

谒李商隐墓

千年丘冢鸟空啼，以石为碑草色萋。

未许纷争催瘦骨，人生参破化无题。

咏春

草色轻轻铺四围，黄莺试嗓唤春归。
东风吹醉桃花面，又舞杨花若雪飞。

踏春赏花

杨柳枝头蝶舞来，繁花似锦向阳开。
谁家靓丽红衣女，偷把鲜花摘一摘。

游黄果树瀑布五首

一

瀑布声开万壑雷，碧潭泻处浪花堆。

耳边若有非凡响，惊起山间白鸟飞。

二

碧落寒潭卷浪涛，闻名黄果已堪豪。

天门忽放银河泻，千尺飞流落九霄。

三

素影铺开挂碧峰，黔中风物若天宫。

人间少有如斯景，白水河源在九重。

四

入壁观来隔洞帘，一条白练下云端。

想来应是天河水，散作人间碧玉潭。

五

一帘瀑布泻黔山，雾气蒸腾笼玉潭。

缥缈峰峦分碧落，虚空处处锁云烟。

彩虹

雨后山前奇色调，天边一架彩虹桥。
有桥不见人来去，何日方能将我邀？

五台山

云锁空门避世尘，五峰相峙显嶙峋。
人间勘破应非易，欲拜文殊问果因。

秋思

时光荏苒去悠悠，万里河山万里秋。

北雁南飞排一字，乡愁渐起怯登楼。

咏秋

飘飞落叶惹人思，正是霜寒露重时。

朔雁横天秋去远，晴空写下一行诗。

咏秋

霜风凄厉雁南翔，木叶萧疏晚渐凉。
莫道秋来凋落尽，篱边菊蕊散幽香。

王屋山

万叠云山翠欲流，天坛高耸几千秋。
轩辕黄帝登临处，不尽风光眼底收。

赏桃花

春来最爱是桃花，点染枝头一片霞。
每自开时蜂蝶恋，芬芳未许众人夸。

忆童年

儿时烂漫更无邪，清澈河边光脚丫。
挖藕捉鱼欢乐事，时光流似指间沙。

潭柘寺

帝京未有寺先开，法雨轻轻润壁苔。
古刹何关名利事，一声佛号度人来。

春游

两三莺啭隔深树，似火桃花出院墙。
来往游人看不尽，人间处处好春光。

游春所见

柳更轻柔花似锦，游人来往踏春忙。
小丫依若穿庭蝶，采得枝头那朵香。

雨后

清新爽气漫山村，石覆青苔翠掩门。
骤雨初晴云散后，一溪春水润桃根。

游开封府

无私铁面辨奸忠，三口铡刀惩恶凶。
千载光阴如水去，满堂不变是清风。

早春

庭前春步静悄悄，忽染青痕上柳梢。
枝上暂无花吐蕊，堂前早有燕还巢。

龙门

水分伊阙壁参差，莫使雄心囚一池。
只待余生齐奋力，鲤鱼终有化龙时。

嵩阳书院

应天岳麓共齐名，书院巍巍气势宏。
嵩阳一自程朱后。千年未绝是书声。

三十有感

三十而立度岁虚，半截入土自为稚。
掐算人生日程路，风华正茂有几时？

暗恋

花开一朵独炫艳，芳侵肺腑润心间。
爱美之心人皆有，隐在心底心更甜。

四十自勉

天生木讷人迟钝，笨嘴拙舌无作为。
枉度年华迎不惑，倾心圆梦岁时催。

常怀感恩心

肚中文化恩师给，受用一生记在心。
书写尊名忆往事，留传后代念前人。

啄木鸟

枝枯叶落死亡中，神鸟飞来看病情。
铁嘴梆梆啄木响，钩出虫害树重生。

游泰山

五岳风光数泰山，挺拔娟秀入蓝天。
景观别致游人上，争越顶峰心醉甜。

游豫西大峡谷

名谷西峡一洞天，银河倾瀑彩云牵。
轻舟飘荡赏山水，画卷层出闪眼前。

上山采摘野韭菜

山顶滋生野韭菜，株株翠绿人垂涎。
攀登摘采心欢喜，包饺烹调尝顿鲜。

赏刘秀湖

刘秀驻扎函谷关，领兵操练打江山。
强身健体吃泉水，湖内逮鱼人解馋。

圆梦

上学读过赵州桥，梦寐以求身去瞧。
今日偷闲观美景，如临梦幻好妖娆。

天安门广场看升旗

奏起国歌响四方，人人热泪皆盈眶。
红旗招展迎风舞，华夏子孙要自强。

赞交警

交警工作好辛苦，早起晚归将路疏。
风雨无缺年复日，历经寒暑劲十足。

司机愁

司机叫苦苦连天，车涌人行似海山。
绷紧神经观四路，担忧不慎祸来前。

车多心发颤

人若出门心颤寒，车如野马竞狂欢。
有活没做一堆事，唯恐前为怕不还。

停车烦

出门办事把车开，目的到达难靠前。
心躁意烦将位找，若停不当领罚单。

雨中爬山找乐趣

秋风萧瑟雨绵绵，寻找刺激爬野山。
扑面水珠朝下淌，冲刷身体醉心甜。

游平顶山

怪物世存呈万千，目观山顶似平原。
农夫耕地将粮种，稻谷翻波送景观。

拜谒夏明翰墓

明翰高呼就义诗，名传万代竞学习。
前承后继战邪恶，甘愿抛头染赤旗。

游明城墙

青砖个个留名姓，质量控防寻有踪。
按序施工责尽到，流芳千古颂英雄。

游函谷关（二首）

一

谷函深处有桃源，老子隐居书卷篇。
规范道德立巨著，为人做事范经全。

二

老子推崇顺自然，淡泊名利不求官。
与人谐处心开放，勿计得失享乐观。

瞻仰中山陵（二首）

一

推倒帝王伐内乱，一生奋斗索民权。

南征北战为革命，尚未成功愿作蚕。

二

国共融合勇创先，统一方向劲相前。

中华崛起职责重，万众齐心任共担。

游南京夫子庙（三首）

一

书院相依孔庙前，圣贤言语铭心坎。

学而不厌愿能成，不倦诲人师自勉。

二

秦淮河上涌学船，群子聚集仰圣贤。

鲁迅求知留俊影，安石结业做清官。

三

祖师传授论知之，万代千秋为史诗。

学问不精多请教，倘如装懂被鼻嗤。

洛阳牡丹园游记（三首）

一

一望无垠花似海，芳香四溢醉心怀。

千姿百态齐开放，分外妖娆客自来。

二

两鬓苍苍白发飘，满颜神奕精神饱。

赏花游览跑人前，笑抱牡丹争俊俏。

三

享誉国花姿色香。当之无愧艳为王。

鲜妍夺目严寒换，历尽沧桑独自强。

攀登月老山

月老下凡情爱山，喜牵红线赐姻缘。

欲行千里奔神地，还拟相思叩伟关。

身涉龙潭行愈勇，人隔银汉望犹难。

今生未许天仙配，来世唯求绮梦圆。

游华山

华山峻秀名中外，未到峰巅心不甘。

一路险生身欲抖，半腰人悔胆发寒。

乱云飞渡来天际，崖壁横插近谷渊。

莫在他乡临险地，巍巍颤颤步移还。

群花争霸

炎夏芙蓉开水上，芝兰春日绽奇香。

菊花怒艳深秋里，梅蕊冬天傲雪霜。

芍药鲜妍疗病痛，玫瑰似火爱无疆。

牡丹昂首迎人笑，月季经年送彩煌。

为《新蒲人》报点赞

编辑报纸见诚心，引导经营理念真。

歌颂正能为典范，追随大义育蒲人。

巧工施技循原理，风险控防剖果因。

创建品牌责任大，雕琢企业谱新春。

参观新蒲金域蓝湾项目部有感

金域蓝湾事迹先，同行主管共摩观。

班前交底功能好，心里存真防控全。

秩序担肩责任重，规章引路筑楼坚。

施工现场洁无比，草绿花妍春满园。

盼父归

父乘仙鹤赴西游，儿盼早归心惦忧。

入梦醒时空落泪，出门行处莫节粥。

知寒问暖轻思量，吃饭穿衣细作周。

尽道天堂无限好，待听目睹胜多筹？

游新蒲农庄（二首）

一

黄河滚滚伴庄园，二者合一美景连。

邀友参观禾起舞，依船垂钓浪来牵。

手烹食面称真味，自捕鱼虾为野鲜。

金日依山兴未了，预约休假再来前。

二

举步漫游多自在，身心轻爽享清闲。

花开满院逢人笑，谷摇青姿把手牵。

红鲤竞翔翻碧浪，黄莺轻舞戏蓝天。

千蔬百果迎宾客，自采自食分外甜。

乡村多美好

身居都市心烦躁，遍地高楼似坐牢。

废气灰尘能蔽日，人山车海惹煎熬。

乡村宽阔任奔跑，沃野花鲜更美娇。

喜看稻菽翻细浪，树遮独院尽逍遥。

建筑工人

自愿选择泥瓦匠，明知辛苦满身脏。

已将瘦骨撑天地，任取薄薪孝父娘。

心底犹藏真与善，世间需要路和房。

高楼处处流吾汗，无悔人生笑首昂。

遵守交规人安全

发生碰撞因车快，侥幸心思祸到前。

行路平和甭斗气，逢人礼让莫争先。

珍惜生命如天重，遵守规则交口传。

家眷幸福为己任，平安而返笑开颜。

航空记

座机呼啸入云端，肉跳心惊不敢言。

都市喧哗抛脑后，高天寂静掠身前。

时行千里皆一瞬，影破虚空傲九天。

仙境遨游寻不到，天堂难觅把身还。

庆祝中国共产党百岁华诞

南湖烟雨几苍茫，镰斧为旗树导航。
情系九州开泰运，龄经十秩铸辉煌。
春风得意迎新岁，政策为民庆小康。
四海升平今又是，人心皆向党中央。

游刘禹锡公园

自有唐风隔俗尘，诗豪意气破云津。
花香十里迎新客，园越千年启后人。
笔震文坛书锦绣，身浮宦海隐金鳞。
人生若梦皆非梦，恰似竹枝词至真。

劝人

低调做人应律己，谦恭礼让释仁慈。
衣行吃住皆需要，春夏秋冬莫侈执。
以酒会朋增友谊，劝喝强饮愿丢失。
真心戒赌家兴旺，若要迷怜苦自食。

忆苦

当年往事忆难全，大伙食堂印脑间。
馍少粥稀留瘦影，肠饥肚饿见黄颜。
垂涎直下观磨面，望眼欲穿守在前。
待到收工人去后，蜂拥而至舔余残。

咏梅

暗香疏影又横窗，卧雪梅花未肯降。
岁尽有枝擎傲骨，风寒无客度悲腔。
莫教旧梦心头锁，自使豪情肩上扛。
前路如烟何所惧，抛开往事一桩桩。

春意

一叶轻帆逐浪波，长堤绿意影婆娑。
争怜柳絮莺啼老，倍羡桃林蝶占多。
寻梦江湖终未已，偷闲岁月复如何？
而今又是花开日，满目春情休放过。

咏雪

一径飞来一径深，寒枝凛冽暗香频。
时随玉蝶随风舞，更引琼花共月吟。
六出凝魂开静夜，三更乱影度冰心。
无关春色来何处，且染河山万里银。

五台山

相看高台倚翠微，峰分五处欲纷飞。
佛光可辨能为寺，声色无痕已作灰。
野鸟巢松随处是，空门度我久相违。
何时悟得真经意，掸落衣尘便可归。

秋思

袅袅炊烟弄晚风，山间清寂若幽宫。
水寒未减秋波绿，霜重更添枫叶红。
几许伤怀生旧梦，经年萧瑟起蓬蒿。
心中无处托秋意，幸有冰轮照夜空。

秋思

西风残叶满阶除，老去光阴只似虚。
纵使心头能放下，焉知事后未唏嘘。
已然传信非关鸟，何必临渊空羡鱼。
莫问人间宠辱事，移来闲室作诗居。

岁末抒怀

思来年少好轻狂，他日欲登天子堂。
衰面渐随心境老，余生尽付墨诗香。
穷途易坠青云志，闹市空谈白首郎。
唯羡五湖归隐处，轻抛长线钓斜阳。

岁末抒怀

已非年少更知愁，青鬓些些染作秋。
信是牛衣空纳泪，孰怜狐腋未成裘。
闹中处世缄三口，客里逢人让一头。
好在蟾光犹不负，清辉携我上高楼。

闻"人生何处不相逢"句有怀

抒怀权借墨三升，律底春回又别冬。
世事由来难自料，人生何处不相逢。
青春自许鬓边老，欢宴何堪曲后终。
自是余生修一契，各中滋味与谁同？

秋日有怀

落叶纷飞又至秋，壮志经年梦何酬？
知人未许悬空月，揽胜犹钦定远侯。
已惯风霜侵老鬓，笑谈今古忘闲愁。
余生快意孰能晓，自有诗文拟壮游。

蒲韵吟草

戏题三国故事

插天赤壁欲烧江，天命难违曹不降。
汉祚已如风曳烛，式微依似雨敲窗。
可怜诸葛欲兴蜀，未许凤雏应姓庞。
乐不思之君主事，巴人何以唱悲腔？

怀汪国真先生

倏然五载寄无惊，犹念文清意蕴丰。
未许浮云终过眼，已然妙句了于胸。
便知路远足为路，始信山高人作峰。
只待于君诗句里，当年记忆觅行踪。

游戒台寺

禅钟缥缈本无心，路引山门草色深。

袅袅炉烟随意绕，悠悠法鼓共风喑。

叶繁银杏舒如扇，根老古松形似针。

佛磬声声皆度我，戒坛传法到如今。

天堂寨二首

一

千叠白泉绕，群峰翠色浮。

闻声听泻玉，放眼豁清眸。

日月双轮转，山川万古酬。

兴来人忘返，独纳一山幽。

二

绝顶同天近，登临万象开。

孤峰云外起，飞瀑涧边来。

叶密林藏鸟，水清石覆苔。

几回看未足，再上景观台。

游少林寺二首

一

峰峦相对接，少室翠微连。

古寺临流水，嵩山锁暮烟。

钟声寒石壁，法雨度心莲。

玄奥终难悟，访僧学坐禅。

二

中岳嵩山峻，少林千古名。

天低青嶂远，风缓白云轻。

万壑皆禅意，一山隔俗声。

参禅听法鼓，时度众生鸣。

学做炮仗惹了祸

从小爱玩炮，琢磨把炮造。

撕书卷成筒，寻方配火药。

柳木烧成炭，硫磺加石硝。

按比药配好，心奇试药效。

蘸药灯上靠，火星四处飘。

引着火药包，轰地吓一跳。

火苗三米高，硝烟满屋罩。

慌忙向外逃，衣燃头发焦。

差点把房烧，从此不做炮。

天籁

天籁响音括，有声才有乐。

植物迎风舞，飒飒不寂寞。

溪水哗哗流，奏乐心上过。

绿被将地裹，处处能闻歌。

昆虫唧唧叫，声细悦耳朵。

鸟飞又鸣歌，人爱都想学。

兽叫催人爽，相伴人振作。

喜听秋风鸣，召唤收硕果。

爱看风舞雪，养神家中歇。

春风沙沙响，物勃笑不绝。

风滚惊炎夏，云涌驱热魔。

雷鸣电闪烁，雨响汇成河。

江河浪打浪，波涛拍心窝。

喜闻瀑布落，奔腾白如雪。

万音共和谐，同享好世界。

忍字高

一

心上插刃刀，祖先忍字造。

天大冤屈事，能忍方为高。

有冤莫相报，冤报何时了。

结仇将路断，两敌祸自找。

胸宽忍一步，冤仇也能消。

矛盾化解掉，化敌为友好。

处事留后路，路绝天不饶。

丈夫能曲伸，伸长心里笑。

骂人如骂己，听者随风飘。

张嘴还口骂，火上似油浇。

抬手对着打，后果难预料。

是非公理在，旁观便知晓。

欺弱惹公愤，孤立受煎熬。

害人如害己，违法必坐牢。

多行不义事，必毙是自讨。

二

恶语莫伤人，伤人利如刀。

有理可辩论，不在声低高。

能吃过天饭，话别把天超。

吃亏人常在，无争减烦恼。

能忍吉星照，不请便宜到。

人若负了我，不要斤计较。

心平将事做，事前打颠倒。

人敬我一尺，回敬一丈高。

受人滴水恩，涌泉去相报。

若要有喜事，隐在心底笑。

升官与发财，谦虚别狂傲。

得意别忘形，自大惹人恼。

喜极能生悲，低调祸端少。

三

做官要自爱，亲朋都荣耀。

廉洁勤为政，切莫耍官僚。

为民办实事，人心能拥抱。

正人必正己，愿望好达到。

蒲韵吟草

实干出业绩，升迁快又牢。

浮夸失人心，贿赂官难保。

财色拒门外，送前切莫要。

人情不好理，原则需把好。

仕途如履冰，不慎能摔倒。

清官人人爱，贪官引火烧。

四

人富莫生淫，淫乱祸自找。

赌桌勿上前，迷恋家能抛。

家穷莫做贼，偷盗名声孬。

穷则应思变，致富须勤劳。

家富人荣耀，辛劳而得到。

财不天上掉，仇富心莫要。

人生常轮转，莫把穷人笑。

共事富吃亏，远古至今宵。

扶贫做善事，名扬人自豪。

为富若不仁，祸从天上掉。

贫富两不欺，和平有依靠。

人人皆爱财，取之走正道。

欲速则不达，强为愿违找。

宽厚待他人，都愿打交道。

和气能生财，财通步步高。

朋友满天下，无钱也逍遥！

蒲韵吟草

爱情故事代代传

青山绿水花鲜艳，万鸟争鸣戏天蓝。

织女下凡赏美景，恋上牛郎爱人间。

玉皇宫内戒律严，敢破天规人称赞。

勇于抗争争自由，甘做农妇享自在。

天地之恋月老牵，夫妻恩爱育后代。

男耕女织心里爽，幼儿撒娇笑开颜。

王母不念儿女情，划道银河家拆散。

鹊群腾飞把桥连，七夕相会泪满面。

爱情故事千古颂，永垂不朽传万代。

游赵州桥

隋王颁令洨河挖，河水东流利万家。

南来北往客拦断，李春赵州石桥架。

原土生根全石造，巨石作拱铁杆拉。

拱中有拱次孔设，减轻自重更稳扎。

百米巨跨洨河越，雄伟壮观响天下。

借问施工拱咋控，严丝合缝无误差？

千斤块石万吨砌，支撑安装利用啥？

石桥为何寿命长，专家哑口后人答。

沧桑一千五百年，地震洪水无奈何。

一轮彩虹人间落，工艺精细美如画。

中外游客览美景，人人赞叹拇指夸。

华夏儿女多智慧，建筑史上放光霞。

蒲韵吟草

贤妻

一

妻不嫌弃俺家穷，愿嫁憨汉组家庭。

相貌平平体质好，干起活来快如风。

吃苦耐劳无怨悔，快言快语人爱听。

街坊邻居见面笑，老少同事二嫂称。

公婆含辛夫养大，替夫尽孝愿担承。

孝敬公婆丈夫喜，夫妻恩爱接地增。

公婆说话句句从，嘘寒问暖献真情。

夫哥夫弟把家建，尊兄爱弟家兴盛。

妯娌和睦抛私念，家庭愉快事事成。

呵护夫妹身体长，嫂负责任妹高兴。

夫妹为家做奉献，不忘付出求必应。

妹大嫁人难分舍，笑敬妹婿托终生。

二

亲爹亲娘恩山重，若无爹娘无今生。

爹娘付出万分苦，回报爹娘一分情。

百忙之中常相伴，衣食住行挂心中。

钱物不断爹娘送，稀物佳食新衣缝。

生病生灾守身边，乌鸦反哺人继承。

兄嫂厮守父母旁，拜托兄嫂细照应。

一母同胞割不断，钱财不分血肉情。

娘家婆家皆兼顾，婆戚娘戚敬相同。

三

自生儿女传后代，擦屎刮尿义务呈。

儿女个个接连生，没有公婆养不成。

养儿育女防备老，日夜操劳竭力倾。

缝补浆洗不停手，一日三餐饭做中。

放学上学接又送，儿学知识有前程。

新衣美食供儿女，自穿旧衣饭吃剩。

儿女生病食难咽，祷告病除娘替承。

子女有成精神爽，人前荣耀腰板硬。

娶媳嫁女心尽瘁，搂抱孙辈乐无穷。

四

公婆帮助记心中，教育子孙首孝敬。

四世同堂全家笑，太爷太奶应不停。

人多家大人仰慕，亲戚聚餐乐融融。

金钱纵然千般好，万金难买是亲情。

五

家和万兴传千古，媳妇不贤家不幸。

男郎都想娶倩女，劝君首选是品行。

爱情火热人向往，平淡和睦自荣幸。

贤妻待我样样好，穿衣吃饭病照应。

鄙人不才又惰性，没有贤妻活不成。

若要人生有来世，还与吾妻度人生。

长垣至郑州交通变化

三十年前到省城，离别家乡去打工。

提前预订汽车票，夜不敢眠起五更。

爹娘做饭妻相送，叮咛嘱咐千万声。

人到郑州报平安，常写书信妈不惊。

客车轰鸣心激动，恋恋不舍故乡情。

郑垣唯有一条线，转弯抹角连县城。

封丘延津皆通过，车绕新乡费时钟。

羊肠道路难进行，坑洼不平怨连声。

颠簸不止人哀叹，晕车呕吐胃倒净。

汽车驶进原阳地，邙山脚下把车停。

黄河阻断南北客，两岸待行似长龙。

独立铁桥望不尽，南岸放行北岸停。

焦等数时北岸走，车驶独桥如步行。

放眼望去心发惊，黄河咆哮藏妖精。

时间静止闭眼睛，祈祷司机心集中。

车到南岸叹口气，众赞师傅技术精。

曲里拐弯南岸路，太阳落山终点停。

郑垣不足三百里，走上一天是顺程。

若遇路上有集会，还需多行几个钟。

改革开放是民意，百业兴旺顺民情。

人要致富先修路，条条道路通省城。

昔日乡村泥泞路，今日水泥路贯通。

高速公路立交桥，如织似网纵有横。

如今返乡多方便，数条大道任选行。

地方公路稍微慢，高速公路一线通。

郑州下班去长垣，个余小时饭热腾。

改革开放政策好，人人受惠将党颂。

展望明日幸福路，人民安居享太平。

祭父
——纪念父亲逝世三周年

一

吾父八十，人生走完。

驾鹤西游，弹指三年。

吾辈兄妹，哭地哀天。

追思音容，不胜悲叹。

拙文谬辞，心悲身颤。

嗟余不孝，长跪灵前。

酒杯斟满，焚烧冥钱。

愿父在天，福康悠然。

二

哀悼吾父，一生坷坎。

三岁丧父，童年悲惨。

遗孤遗母，家似塌天。

孤苦相伴，没有生源。

母牵子手，逃荒要饭。

走投无奈，携儿嫁男。

娘亲改嫁，继子姓改。

亲属闻知，遗孤追还。

母子分离，哭声动天。

孤儿返乡，人皆悯怜。

本族养育，亲戚投遍。

街坊邻居，送吃赠穿。

众人相助，立家当担。

与吾娘亲，携手家建。

父唱娘随，和睦相牵。

生育吾辈，三女三男。

竭尽所能，供儿饱暖。

克己克俭，侍儿康健。

供读求知，盼儿成材。

为育儿女，积劳病添。

吐血哮喘，四季常犯。

劳疾难医，根顽难痊。

若无积劳，岂能归天？

蒲韵吟草

三

吾父一生，事业平淡。

没置巨产，无做高官。

为人正直，处事坦然。

秉持正义，不拉帮派。

疾恶如仇，敢顶邪端。

弱者不欺，强者不攀。

人若负己，不记仇冤。

爱党爱国，听党召唤。

奔赴焦作，炼钢多年。

响应号召，返乡种田。

经党考验，喜为党员。

选为队长，劳动领先。

同甘共苦，力争丰产。

服从分配，农林试验。

履职场长，育种科研。

改革开放，场散职闲。

无职不闲，自种责田。

躬耕细作，丰收连连。

喜交公粮，爱国贡献。

有吃有穿，奔康向前。

家富饭简，面条蒸菜。

诲儿常言，挥霍家完。

忆父平生，父伟如山！

四

吾父德高，为人良善。

亲邻有难，竭力助援。

邻里和睦，福泽仁宽。

潜移默化，德隆感天。

教育吾辈，做人品端。

立德处世，礼信笃坚。

感恩为先，常铭心间。

受恩必报，有求勿怠。

扶弱救贫，正气浩然。

低调做人，不比不攀。

勤恳做事，孜孜不倦。

事业向上，戒骄戒懒。

听父忠言，俺有今天。

五

再哭吾父，肝肠欲断。

千呼万唤，盼父生还。

每忆父爱，泣涕涟涟。

养育子孙，舍命苦干。

娶媳嫁女，盖房置产。

儿媳迎门，满面欢颜。

女婿喊父，心似蜜甜。

家孙外孙，接连送前。

血脉续延，乐在人间。

孙子孙女，内外同待。

左抱右牵，隔辈更爱。

吾父教诲，常响耳边。

亲属和睦，财少心甜。

有福共享，血缘情绵。

家和事兴，福如涌泉。

儿女遵训，不争钱财。

父去三年，家睦人添。

父莫挂念，俺妈康健。

祈母高寿，寿如松柏。

蒲韵吟草

吾父在天，时时监看。

九泉有知，应无遗憾。

六

祈愿吾父，天堂愉快。

冷暖自周，莫让挂念。

生活自筹，勿省吃穿。

逢节过年，儿送纸钱。

在世孝微，子疚不安。

父走突然，思孝难圆。

愧泪洗面，后悔已晚。

今生太短，下世再来。

庭院依然，旧地重圆。

来生再见，喊父不变。

续享天伦，生生相伴。

子孙一片，悠然乐哉！

七

香烟袅袅，冥钱烧遍。

父走虽远，音容宛在。

忆父生前，历历再现。

睹物思情，倍加怀念。

难忘那天，父逝雪绵。

天地怆然，白装裹面。

亲友闻信，冒寒悼念。

雪滑路险，吾辈不安。

今又寒冬，复至缅怀。

父灵在天，应感应叹。

愿父佑俺，亲朋佑遍。

家家福全，情延后代。

为父三年，聊以祭典。

今祭不周，吾父包涵。

严父风范，传俺万代。

遗训相传，代代顺安！

莫忘父母恩（组诗十七首）

一

娘怀儿胎似病妇，半人半鬼失秀目。

企盼后代聪康健，茶饭不思又呕吐。

有病不敢把药服，吃饭活动利儿舒。

二

怀孕子女九月艰，生长折腾母难言。

三十八周已熬尽，忍疼算天见儿颜。

新生出世看人间，哪知娘过鬼门关。

三

一声啼哭担心无，血脉延续人知足。

家亲外戚喝喜酒，大摆筵席共庆祝。

争抱宝宝多幸福，众星捧月似宝珠。

四

天下父母累无悔，哺育幼儿细入微。

千般呵护防病患，擦屎刮尿笑增辉。

儿若咳嗽娘流泪，求医寻药跑断腿。

五

牙牙学语儿乖巧，叫声爸妈喜泪掉。

会坐会爬惹人爱，工作生活动力高。

蹒跚学步全家笑，寸步不离怕跌倒。

六

初到世上心好奇，手脚不闲抓东西。

火炉沸水远处放，危险物品要隔离。

电源电器怕触及，爹娘牵手下台梯。

七

幼儿无知啥都吃，谨防异物送嘴里。

爬高下低怕摔倒，还怕利器伤身体。

防儿掉床把心提，饥饱冷暖娘细理。

八

儿童天生爱淘气，安全防范儿牢记。

遇事讲理勿动武，水火无情能自毙。

肉体脆弱伤不起，伤人伤己苦自理。

九

儿需营养长身体，先儿后己事事依。

家不富裕拼命干，自愿忍饥穿旧衣。

劳心劳力无怨意，多创收入不惜力。

十

望子成龙女成凤，超越父辈耀祖宗。

洗衣做饭爹娘包，不惜代价竭力倾。

上学接送路陪同，掏钱补习争全能。

十一

望儿读书多努力，成绩优秀争第一。

诚实做人常教育，唯恐不才途无绩。

不学无术为自弃，能走正道皆欢喜。

十二

儿过三十还宠娇，为儿就业将心操。

子女结婚喜宴设，置房置产统统包。

亲朋祝贺把孙邀，掏空钱包累断腰。

十三

待孙胜过待儿好，怕儿年少带不了。

叫声爷奶心醉甜，精心喂养细照料。

人生快事把孙抱，金山银山给不要。

十四

儿走千里心挂牵，不求富贵愿身边。

经常团聚心欢喜，若能相伴苦也甜。

了却挂念寿命延，子孙康健在面前。

十五

弟兄姊妹勿比攀，莫道母爱谁亲浅。

十指连心同根生，同是血肉一样怜。

互帮互扶有靠山，后代和睦父心甜。

十六

父母年迈难自理，为育子孙竭尽力。

调剂饭菜端向前，义不容辞儿担起。

出门相伴步步依，莫等百年后悔及。

十七

养儿防老是天理，高堂莫说愿早死。

床前行孝是己任，人学乌鸦一世世。

以身作则利于自，子学父事遍地是。

卷二一

词

蝶恋花·游门头沟

伫立西山天浩浩，漯水流波，岁月人知晓。恰是菊花开正俏，门头沟畔秋光好。

信步悠悠寻古道，翠映伽蓝，万缕烟飘缈。胜地忘饥眉眼饱，京畿行去吟新调。

念奴娇·赤壁游

千古赤壁，江流急，惊涛骇浪依然。风流人物，眼前闪、厮杀呐喊震天。豪杰周郎，英勇盖世，白骨堆成山。群雄争霸，民生坠入深渊。

畅游三国故地，万物谐相处，共享人间。远离战火，民所向、华夏团结向前。太平盛世，一年胜一年，人悦梦圆。欲邀故人，书写中华新颜！

菩萨蛮·祝贺"嫦娥三号"登月成功

千年梦愿伴嫦娥，玉兔为媒扮说客。千叮早回话，捷报将我约。

月上立新家，吴刚檩木伐。嫦娥会宴设，把酒共舞歌。

清平乐·塑造长垣凤凰城

鲁班游览，栖凤城中看。院内楼房皆俺建，不负祖师意愿。

施工工艺相传，恰如雕塑一般。外貌美如画卷，诚邀此地居仙。

卜算子·咏柳（二首）

一

无意乱插柳，新芽上枝头。枝繁叶茂晒不透，树下人叙旧。

岸上伴人流，水中戏鱼藕。子孙如雪空中游，落地化绿洲。

二

春暖报人知，风舞一身绿。幼絮初生是美食，嫩叶医人体。

性柔不折躯，逆境身独立。伐木为材做成案，不怕刀锋利。

水调歌头·中秋祭祖

秋爽赏明月，佳令倍思先。祖仙乘鹤西游，期盼早归还。祭祖儿孙设宴，桌上佳肴摆满，斟酒贡朝天。恩重厚如海，跪拜酒中含。

天地间，路遥远，见相难。追思昔日，先人曾度月光前。短暂人生而闪，日月依然运转，貌亮耀人间。他日入天殿，相伴共婵娟。

渔家傲·祭雨花台烈士

十万忠骨把命捐，大义凛然人缅怀。面对屠刀不变颜，怒火燃，胸怀正义照心丹。

雄师百万战江南，拉朽摧枯似倒山。前赴后继顽敌歼，将梦圆，先烈欢欣笑九泉。

长相思·深秋

细雨绵，雨珠甜，秋菊含露半遮颜。株株惹人怜。

紫燕欢，农舍旋，高歌辞行欲向南。邀春过新年。

卜算子·农家小院美如画

小院百蔬种，一年四季青。自栽自采乐其中，坐家看风景。

春天拌小葱，夏季食蒜莛。中秋辣椒尽紫红，白菜傲雪冬。

浪淘沙·同学情（二首）

一

求知在一班，一晃数年。同屋同时将书念，共听恩师文化传，人悦心甜。

下课聚成团，嬉戏言欢。学业完成人别远，情纯无猜常思念，梦里会颜。

二

久别今相见，无话不谈，叫着乳名忆当年。问东问西备关怀，意切情绵。

不谈权与钱，不分贵贱，话语投机音破天。杯杯满酒杯杯干，不醉不还。

西江月·暴雪

席卷狂风而过，驱逐禽鸟归窝。浓云压顶路人绝，天降茫茫白雪。

我辈不曾眼见，瓦飞棚倒枝折。雪积平地脚难拔，素裹银装世界。

忆秦娥·童年好

童年好，幸福宠爱得多少。得多少，不足哭叫，顺心欢笑。

无忧无虑人嬉闹，玩乏便让爹妈抱。爹妈抱，又亲又吻，面娇嘴巧。

长相思·情为何物（组词三首）

一

昨相颜，今相颜，若不相约似度年。人别情更缠！

吃不安，睡不安，满脑相思心里烦。盼君到面前！

二

相思羞，梦相投，一见钟情笑上头。眼直话语休。

双手搂，喜泪流，今世结缘前世修。浪打永不丢。

三

见相欢，别相难，如醉如痴人爱怜。心情比蜜甜。

情也绵，意也绵，欢度人间伴月圆。终生把手牵。

卜算子·拉耧

男女七八个，拉耧将种播。把式摇耧似奏乐，聚群说笑话。

架耧方向把，偷懒绳落下。垄直子匀巧配合，能成好庄稼。

卜算子·拉砘

耧铧装木耧，耩地留仨沟。种子播下虚土盖，不实水分丢。

砘圆仨石头，穿轴框内留。拉砘保墒压垄沟，苗壮竞风流。

卜算子·积肥

地薄不打食，上肥地增力。家家挖坑草拌泥，发酵土肥积。

黑臭是好肥，量多有功绩。拉土割草不惜力，秋后不挨饥。

卜算子·农民今夕（耕种）

昔日田地种，锨翻黄牛耕。人畜拉耧播子种，锄草遍遍重。

今日好轻松，机械样样能。喷药除草一遍功，坐家好收成。

卜算子·农民今夕（收割）

镰刀早磨明，收割起五更。手抓镰砍一旁扔，腰酸腿又疼。

镰刀今不用，机械显威风。秸秆还田粮集中，粒粒饱盈盈。

卜算子·农民今夕（打场）

割倒拉到场，晒干盼烈阳。人冒酷暑石碾轧，扬场滤秕糠。

如今不用场，杈耙作古藏。机器能顶万人用，新粮堆满仓。

卜算子·节柴把法想

煮饭烧土炕，壶吊灶门旁。热水洗脸冷上炕，余热能帮忙。

饼贴锅沿上，切菜炖中央。节约用柴方法想，菜熟馍儿黄。

卜算子·搭草庵

让人看瓜园，首先搭草庵。平土栽桩扎骨架，细棍中间拴。

麦秸织草帘，苫在庵外边。遮风挡雨向外看，一目便了然。

卜算子·抢收竞时光

芒种人人忙，吃饭顾不上。上地劳动带干粮，抢收竞时光。

收麦蹭麦芒，双膊血流淌。割倒捆扎运到场，平车趋趋装。

卜算子·锄禾

上地锄庄稼，毛巾肩上搭。人顶骄阳汗水洒，杂草锄下杀。

铁锄含水火，四季使用它。间苗保墒遍遍拉，禾舞笑纹爬。

卜算子·喂羊能把学费缴

放学往家跑，与羊先拥抱。扔下书包镰刀找，圆梦去割草。

卖羊学费缴，学校能报到。买笔买本买书报，手勤向羊要。

卜算子·点瓜

春风微微过，刨土点上瓜。喜看细雨滴答下，破土露新芽。

出尖把头掐，拖秧铲土压。浇水施肥结硕果，瓜甜密如麻。

卜算子·人人拾柴火（二首）

一

有柴好生活，烧水馍能做。上地干活挎筐箩，人人拾柴火。

杂草与禾秸，笓搂堆成垛。寻找禾根黄土裹，棒打泥块落。

二

深秋树叶落，拾家是柴火。东方发亮步步挪，扫帚树下过。

天冷人聚窝，取暖点堆火。浓烟缭绕看不着，眼酸泪水落。

卜算子·爱种向日葵（两首）

一

龄小心好奇，实践长知识。铲坑埋下葵花籽，天天来看视。

扒土看种粒，膨胀露牙齿。披盔戴甲钻出地，生命诞于世。

二

脱壳两片绿，伸掌抱天时。吸收营养长身体，叶阔展英姿。

花黄面向日，圆盘结果实。粒粒饱满粒粒齐，籽熟人爱吃。

家穷没形象（组诗三首）

一

家苦无形象，发乱一身脏。烂鞋穿上吧嗒响，脚趾无处藏。

世俗人分档，贵贱看着装。身穿破衣鄙眼望，自卑愧难当。

二

没有新衣裳，衣破露肩膀。补丁缝上摞成行，挡寒御雪霜。

哥衣弟穿上，破旧阔又长。件件旧衣往下让，身长遮太阳。

三

穿袄空壳郎，错襟系胸膛。慌填饿肚饭滴淌，胸前硬梆梆。

冬天烂裤裆，棉絮露两行。若遇北风无处藏，身抖嘴嘟囔。

手架平车去拉煤（组诗四首）

一

那年十八岁，结伴去拉煤。步行焦作三百路，六日走来回。

一天走百里，满载向家归。一步一挪拉千斤，还家母泣悲。

二

家贫去贩煤，一斤赚一分。贴补家用解急困，儿累也舒心。

干馍就白水，馍袋全程跟。捎足衣服带着被，住店不着村。

三

路上高坡多，空车好越过。上坡搭帮推重车，寸步汗水落。

陡坡下重车，磨尾动心魄。倘若不把车束约，临头是横祸。

四

难忘那一回，车坏不着村。三九飘雪北风吹，汗消近黄昏。

寻找修车人，磨破脚后跟。待车修好看时辰，夜深净无音。

满江红·宴请恩师于教师节

　　九十约见，心兴奋，夜深难眠。母校事，恩师同学，浮现眼前。徒钝不懂反复问，师教数遍颜不烦。屈指数，瞬别三十年，化云烟。

　　庖丁堂，会宴摆。早等候，盼梦圆。钟表慢，频频出门望天。师徒相见笑纹满，岁月无情白发添。手牵手，入座话不完，寿酒端。

水调歌头·游长垣凤凰城

何地好去处，首选凤凰城。借问好处何在，梧桐戏蓝天。东侧临河钓鱼，西邻公园湖畔，休闲在身边。南北有国道，出行路路宽。

矿泉井，饮体健，味蜜甜。地下热水，采暖洗浴是自然。院内景观别致，名灌水系假山，亭观鱼戏莲。楼房坚又美，鸟语花儿鲜。

菩萨蛮·石匠把磨造

石匠劈石造石磨，圆石雕双配成座。居中铁轴设，吻面斜牙刻。

镶橛挂绳索，插棍磨能挪。打孔作嘴巴，吞粮下粉末。

满江红·新蒲抗震救灾记（二首）

一

天昏地暗，八级震、降到汶川。噩讯传，新蒲上下，人忧情牵。成都分司近在前，搜救生命送吃穿。皆自愿，人人爱心献，把钱捐。

幸存者，房屋坍。露天宿，苦难言；公司接指派，紧急支援。奔赴千里忘疲倦，争分夺秒建家园。新居添，入住声声赞，露笑颜。

二

盆地四川，气候怪、潮湿雨绵。援建者，来自中原，水土不般。天气闷热太阳晒，起泡脱皮人黑颜。住帐篷，蚊叮身挠烂，难入眠。

彩板房，建稻田。泥泞路，开步难。所需砂石砖，马驮人搬。安医晓坝两处完，转战江油到青莲。任务艰，领导作表率，凯歌还。

菩萨蛮·石磨磨面动全家

石磨磨面动全家，妈妈推来爸爸拉。阿婆簸箕簸，小宝将面抓。

逆日步步挪，粮从磨中过。磨滚遍遍罗，收面烧汤喝。

菩萨蛮·推碾将米碾

离地三尺设碾盘，木桩居中石碌拴。谷子上面摊，推碌把米碾。

脱壳碾万遍，过筛糠去完。小米金光闪，充饥做米饭。

浣溪沙·七夕

浩淼天河无有边。相分银汉最堪怜。搭桥喜鹊续姻缘。

万千年来情未了，七夕夜里梦方圆。人间争咏鹊桥仙。

蝶恋花·梦中情人

懵懂春心思念念，对面行来，只敢偷偷看。枉有贼心没贼胆，唯余日日单相恋。

满眼情愁何以盼，已嫁他人，空使肝肠断。此世皆休缘分浅，来生别似鸳鸯散。

踏莎行·梦中情人

思锁眉头，形消骨瘦，偷偷拭泪衣衫透。情丝如线又如钩，耳边不忍听歌奏。

倦倚窗栏，懒解衣扣，嫁作他人心颤抖。长宵辗转更伤怀，一庭昏暗灯如豆。

鹧鸪天·中秋

霜叶凋零渐入秋，九天满月照西楼。已无好句酬诗笔，空有深杯醉客愁。

花已落，意难休。思乡几度湿双眸。窗前写就一行字，不尽情怀笔下收。

踏莎行·中秋怀故友

佳节中秋，霜风入户。蟾光洒满梧桐树。依稀记得那年时，心酸无限伤怀驻。

往事难寻，青春已误。不堪回首天涯暮。恨有知音觅无寻，此情更与何人诉。

卷三 现代诗歌

塑造新蒲写春秋

黄河滚滚往东流，
召唤新蒲向前走。
瓦刀闪闪亮，
耀俺去奋斗。
安全生产记心上，
保证质量记心头，
保证质量记心头。

黄河滚滚往东流，
召唤新蒲向前走。
瓦刀闪闪亮，
耀俺去奋斗。
诚信做人记心上，
塑造新蒲写春秋，
塑造新蒲写春秋。
挥起勤劳的一双手，

装点江山披锦绣，

披锦绣。

挥起勤劳的一双手，

装点江山披锦绣，

装点江山——披锦绣。

我是新蒲人

我是新蒲人，

来自大中原。

滔滔黄河哺育我，

铮铮男子汉。

胸怀凌云志，

乡愁放一边。

登高筑广厦，

立地建桥涵。

诚信无价金难买，

万年伟业承鲁班。

我是新蒲人，

纵横天地间。

巍巍嵩山我性格，

豪情冲九天。

铁肩担道义，

托起新家园。

困难踩脚下，

高歌永向前。

美好世界咱创建，

万年伟业承鲁班。

逝去的爱

那一年
三月春风冷又瘦
我斜打着伞
牵着你的手
你说你要走
一去不回头

曾经的海誓山盟
千万句诺言
如风而过
伤心的泪水
流淌着爱的忧愁
河边依依的杨柳
我独自看着
春水向东流去

· 155 ·

早年漂泊的生活

走南闯北的漂泊

只为明天生活更加美好

每当旭日东升的时候

走出工棚

太阳照在钢筋混泥土上

也晒在我身上

汗水湿透衣身

望向远方是故乡

故乡的模样时刻在脑海浮现

异乡的漂泊

除了工作还是工作

盼望回家

盼望父母安康

盼望团圆的日子

而我———

在异乡漂泊

陶渊明

种豆南山

篱外菊花

远处红枫

是谁在吟唱

"不为五斗米折腰"

秋风瑟瑟

寒月清清

菊花怒放

惹了陶渊明

写下《桃花源记》

写诗

在平仄里追寻古意
在音律里感受乐章

春花秋月
是寄怀感伤
炎夏寒冬
是咏物壮志

沉浸在诗词歌赋中
这一方净土
给了我心灵的洗礼

诗歌陪伴我走南闯北
陪我一个又一个春夏秋冬
直至终老
无怨无悔

新蒲人

在祖国的大地上
新蒲人如火如荼地建设着
高楼 剧院 道路 ……
一丝不苟
以质量求生存
安全常记心中

新蒲人挥汗如雨
把梦想逐渐实现
为社会做贡献
把祖国建设得更加美好
是我们新蒲人
一代又一代的奋斗目标

卷四

杂文

自行车与我的婚姻情缘

现在，我给大家讲故事，讲的是自行车与我的婚姻，每当回忆起来，我不由自主地偷笑，今天也与大家分享一下吧。

一、日本自行车也欺负中国人

在那个靠挣工分生活的年代，我因兄弟姐妹多，弟弟妹妹年龄小，上学还得交学杂费，家庭非常贫寒，经常吃不饱穿不暖，家里更没有钱买自行车。

那时我都二十多了，还不会骑自行车。眼看着同龄人都谈婚论嫁结婚生子，我还是光棍一条，百爪挠心，不是滋味。

当时一家人的生活全靠父母在生产队种地挣工分，我哥在大队副业队里干活，除生产队记工分外每月还补助几块钱，日子过得非常紧张。

一家人省吃俭用，精打细算，终于积攒点钱，让我哥在王堤会上买了一辆破自行车，是日本国的菊花牌。

有了自行车后，我就急不可耐地开始学骑车。于是，我推着日本车到生产队的打麦场上去学车。学了几个小时屁股连车座都没靠上，不是我将车砸倒，就是车将我砸倒，衣服也挂破了几个口子。

心想："我就这么笨吗？"不中，还得学。我推着自行车猛跑，左脚踏上脚蹬，右腿迈过车座，双脚踏上脚蹬后乱蹬一气，只听哗啦一声，连人带车滚到了场边上一米多深、有半坑污泥的积肥坑里了。

我费了好大劲才爬出了积肥坑，浑身臭泥，活像一个泥猴。又费了好大劲才把自行车拉了出来。

我顿时气不打一处来，抓住自行车举了起来，狠狠砸在地上，嘴里还骂着："小日本，你个孬孙，连日本车也欺负中国人，我摔死你，我摔死你！"摔了几下才解了气。

坐在地上冷静了一会，站起来扶起车推了推，前叉和车链都断了，两个车轮也不转圈了，今天是学不成了。于是将车扛在肩上，一瘸一拐往家走去。

我的狼狈相吸引了在路边聊天的街坊邻居，但令我暗自高兴的是，在看热闹的人群中，连我妈也没看出我的面貌，也没想到扛车人竟是自己的儿子。

二、在家门口的路上撞倒了老奶奶

将车修好后，又继续学。功夫不负有心人，终于能将腿迈过车座在打麦场上转圈了。

上路也练练吧。当我骑着车快到我家门口时，只见我的邻居本家大奶踮着封建社会裹着的小脚，后脚跟着地，迈着小八字步，低着头悠闲地迎面走了过来。

当时我心里想，一定要将车骑稳，千万别碰着大奶啊，两只眼睛情不自禁地盯着大奶，这时，自行车也随着我的眼光向大奶跑去。

不好，我嘴里忙喊："哎……哎……哎……"这时，大奶看见了，慌忙转过身去，两只小脚像捣蒜一般向另一侧跑去，我的双眼还是看着大奶，车还是向大奶追去，大奶也一边跑一边转过头看着我左躲右闪，最终还是被我撞倒了。

怎么办呢？我从小就怕大奶，大奶的脾气非常孬，骂起人来一套一套的，我硬着头皮以责怪的口气大声说："大奶，你不在家晒暖，到大街上乱跑啥啊！你没看我正在学车吗？要是把你碰个三长两短怨谁啊？"

大奶听后甭提多急了，呼地坐了起来，双手握着脚脖，还不断地拍着地，拉着长腔放声哭着说道："我的老天爷呀，你个孬孙真孬啊！是你故意撞我，还说我不在家晒暖呢。你个孬孙啊，你还给我记仇啊，你小时候我打过你，骂过你，今个你是想撞死我呀！大早上我就听到老鸹叫，半天我都不敢出门，我左躲右躲也没躲过这个灾啊！我的老天爷呀，我的亲娘啊！"

这时我傻眼了。最后还是惊动了街坊邻居，都来安慰大奶。我也不再埋怨大奶了，慌忙不断地向大奶赔不是，把大奶抬回了家，我妈还请了俺村的赤脚医生给大奶看了看，没有大事。

三、第一次去见面，一句话没说上就黄了

在我骑车还不老练的情况下，我家一个喊大姐的亲戚给我介绍女朋友了，约好在县政府大门口见面。

这是生平第一次与女朋友见面，真是又胆怯又激动。骑车去吧还不老练，不骑车还怕女孩看不起，想想还是骑车去吧。

当车骑到县南关时，放眼望去，城门口处坡度非常高，用上了全身的力气，蹬上了最高点。

当下坡时，自行车像脱缰的野马冲了下来，我心里一慌张，忘了刹闸，嘴里忙喊："截住！截住！截住啊！"

我不喊还好，一喊路上的人都慌忙躲开了。只见一个

老汉挎着一个鸡蛋篮，还不知道身后发生了什么事，正在放着嗓门儿唱着大平调《南阳关》，他一边唱一边悠闲地往下走着。

自行车不偏不倚地向老汉冲去，只见自行车车把挂住鸡蛋篮，我和自行车一块倒在了满地的烂鸡蛋上。

老汉正在唱的大平调也像刹闸一样戛然而止。只听老汉哎呦了一声："我的娘哎！"打了好几个趔趄也摔倒在了路边。

当时老汉还以为有小偷抢他的鸡蛋篮呢。老汉慌忙坐了起来，嘴里不断地高喊："抓强盗啊！抓小偷啊！"

我慌忙站了起来，只觉得右胳膊和右腿关节处钻心地疼，一看两处的衣服都烂了洞，鲜血也渗了出来。这时我也顾不上自己了，赶紧瘸着腿走到老汉面前，连连向老汉道歉，并向老汉解释，所发生的事情是如此这般。接着又对老汉说道："我让过路的人将我的车截住，这么多人都不过来截，如果有人能拦截住俺，也不会撞着您老人家了。没有一个人出来学雷锋，真是没有一点思想觉悟。"

旁边看热闹的人听了我说的话，顿时哄堂大笑，有的人说："俺躲还怕躲不及呢，你还让截呢？"

还有的人说："你喊着让截住、截住，俺还认为是让抓小偷呢，原来是你不会骑车，是让截住你自己哟！"

蒲韵吟草

　　我一边向老汉道歉，一边问老汉篮里有多少鸡蛋，我照价赔钱。老汉没好气地指着满地的烂鸡蛋浆和碎蛋皮渣说："你自己去数吧！"

　　又引起了看热闹的人群一场大笑。但老汉是个好心人，也没多讹我的钱。

　　我猛然想到，女朋友还在那里等着我呢，扶起自行车推了推，还好，车子没摔坏。只是浑身沾满了黏糊糊的鸡蛋浆，还穿着烂着洞的衣服，咋去见面呢？回家换衣服吧，怕时间更晚，想了想还是去见吧！

　　当我赶到约会地点时，大老远就看见了路对面的媒人大姐和一个漂亮的女孩。我忙喊了一声："大姐！"我两眼直勾勾地望着漂亮的女孩，推着自行车就向路对面跑去。

　　不知是否因女孩的漂亮，使我过于激动，让我忘了一切，没有左右看看是否有行人，就横穿马路跑了过去。还没跑到女孩身边，就连人带车与骑自行车的人相撞了。

　　后边的车来不及刹闸，哗啦啦倒了一堆。一个个站起来后，都是骂骂咧咧，出言不逊。有的要求我修车，有的要求到医院看病。

　　嘴里还骂着："你长两只眼是干啥用的？是不是丢了魂？"

　　等他们消了气走后，再去看女孩，女孩不见了。

我忙问大姐："人呢？"大姐说："人家说了，不中，已经走了。"

这是我第一次骑自行车出远门，就出了这样的事情，也是第一次有人给我介绍对象，连一句话都没有与女方说上，这个媒就黄了。

四、到了关键的时候掉了链子

过了一段时间，我的街坊姑又给我来提亲，女方是她婆家的远房侄女，我与女孩见面谈话，女孩长得漂亮，说话又文气，我是一百个称心如意，女孩也没意见。按我们老家的风俗习惯，我给了女孩100元的见面礼。我们两个还约定，按习惯由我出钱，第二天一同去县城给女孩买几件衣服，就算是定了亲。

第二天，女孩坐上了我的自行车，路上一面说着话谈着心，那时刻，您不知道我心里能有多美。

路还没走一半，车链子就掉了，我慌忙下车将链子挂上。上车后还没等女孩坐稳，车链子又掉了。接着反反复复，掉了挂上，骑上又掉，急得我汗水满脸流，我又不由自主地用手往脸上擦汗。可能是我脸上沾满了污油，女孩用异样的眼光看着我，带着不耐烦的样子并且哭丧着脸。

我心想，怎么到了关键时候，车子老是不争气，光掉链子。人们常说的口头语"到了关键的时候掉链子"，原来是这么回事才叫起来的哟！

离县城不足六里地的路，骑车比步行还慢。走了一个多小时，终于到了县城。

我慌忙地赔着笑脸，与女孩一起进了商店。将县城转了大半圈，进了数不清的服装店，因服装款式女孩不如意，连一件也没买。

最后终于找到了一家服装店，女孩也露出了笑脸，相中了这家的布料和款式并进行了挑选。一件一件地反复试穿，看看合不合自己身段，旁边的营业员也笑眯眯地推荐。于是，女孩满脸高兴地要了七八件。

营业员一一打包后，说了声："结账付钱吧。"我急忙掏钱包，坏了，钱包忘家了。

这时，营业员立刻变了脸，对着女孩愤怒地吼道："没钱你还挑这么多衣服，是不是故意耍俺？你人长得恁漂亮，怎么这样办事？"

只见女孩流着泪跑出了门外，我也慌忙跟着女孩，一边跑一边连声道歉："都怨俺，都怨俺。"女孩连头都没有抬。

我接着说："12点多了，咱吃饭吧？"

女孩带着满脸怒气说："不饿！"

我又说："衣服明天再买吧？"

只见女孩从兜里掏出那100元见面礼，甩给了我，说道："等下辈子再买吧！"转过头就拜拜了。

这时我跺着脚埋怨自己："今天你出来是干啥的，怎么能忘了带钱？怎么到了关键时候又掉链子？"

回家的路上，走到没人的地方我狠狠地扇着自己的脸，骂自己："这辈子娶不上媳妇你活该！"

五、堂嫂的三妹成了我梦中情人

上面我讲的故事，给我说的两个媒，都是因为我自己办了没材料的事，也感觉到自己确实没本事，都黄了，我决心一辈子打光棍，不再找媳妇了。说是这么说，可心里还是想。

正在我心灰意冷时，我本家堂嫂给我提媒了，说把她的三妹介绍给我，她三妹我在堂嫂家见过，中等身材，不胖不瘦，长得好似杨贵妃转世、嫦娥下凡一般，那时我就想入非非了。

我一听说堂嫂要将她三妹嫁给我，像吃了兴奋剂一样，立刻来了精神。

我忙问："啥时能见面？"

堂嫂说："已经给俺三妹说好了，明天去俺娘家见面相亲。"

　　我听后，激动得一夜都没有好好睡。我破例起了个早，催着堂嫂赶紧走。

　　堂嫂说："看你急得那个猴样，我保你能与我三妹拜堂成亲。"

　　堂嫂又接着说道："俺三妹从小就听我的话，我说一不二，俺娘家的事我说了算。"

　　我听了后，心想，媒人这么得力。就像吃了一颗定心丸。

　　这天我的精神特别好，我骑着车带上堂嫂一路飞奔。转眼已经看见堂嫂娘家的村庄了。

　　这时我高兴地放开嗓门儿唱道："我走过了一洼呀，一洼啊一洼又一洼，洼洼地里好庄稼。俺这里要把电线架，架罢高压架低压，低压线杆两丈二，高压线杆两丈八，架上一个小马达，得唉呱啦把套拉，得唉呱啦把套拉。叫它拉犁不拉耙，叫它摇耧把种撒，拉着水车，哗啦、哗啦、哗啦，哗啦哗啦哗啦啦……"。

　　唱到这时，真是哗啦啦一声响，只见自行车前轮在沙土窝里打旋，一瞬间自行车翻了个跟头，后轮飞超了前轮。我和堂嫂比自行车飞得还快，在自行车前面打滚。

　　我一骨碌爬起来将堂嫂扶起，只见堂嫂眉头正中间起了个鸭蛋大的疙瘩，黑青黑青。疼得她龇牙咧嘴，嘴里还"娘

蒲韵吟草

哎、娘哎"叫个不停。

我也觉得我自己的半边脸发热灼疼，用手一摸手上沾满了血，上衣和裤子也破了两个洞。腰带也摔断了，站起来走路时，只好将两手插在裤兜里用胳膊夹住裤子。

堂嫂埋怨道："给你说个媳妇看你高兴成啥？不好好骑车，嘴里还唱着哗啦啦哗啦啦，这下真哗啦了，你好受了吧？"

我忙说："你别埋怨了，看看咱咋办吧？"

堂嫂犹豫了一下，说道："走，上俺娘家！"

到了堂嫂的娘家院内，堂嫂的娘见了我们两个人的样子，忙问："这是咋了？咋了？是被谁打的？"

堂嫂回答说："不是被人家打的，都是您三妞女婿办的好事，是被他骑车给摔的。"

堂嫂的娘看了看我，我也向老人家点了点头，并不自觉地用插在裤兜里的双手夹住裤腰往上提了提，耸了一下肩，恐怕裤腰往下落。

堂嫂的娘一面端详着我，一边在骂着堂嫂："你个龟孙，谁是俺三妞女婿？"

说着就把堂嫂拉到了里屋，隐隐约约听到堂嫂的娘说："我和你爸商量了，因为你的脾气太孬，三妮又没脾气，如三妮与你做妯娌，天天见面，得受你一辈子的气，三妮的媒不用你操心了。再说，你把你婆家兄弟夸成了一朵花，刚才我也见到了，我看他也没多大出息。并且还没有一点礼貌，见了我的面双手还始终插在裤兜里。"

我在外面听了后，心一下子凉到了底。心想，没戏了，也别在这里丢人现眼了，赶紧走吧。又想，我走了堂嫂咋办？但又想，都到这时候了还管她干啥，给他娘家人找点事干吧。

于是我就偷偷地推出自行车出门了。临出她家的门，我嘴里嘟噜了一句："还嫌弃俺双手插裤兜了，如果不插裤兜，我的裤子就掉到您家了。"

我到家后，吃了点东西就坐在家门口的马路边上，想看看堂嫂是怎么回来的。

当太阳西斜的时候，只见堂嫂一瘸一拐地一个人步行进了村，我赶紧迎了过去，说道："嫂啊，你咋自己走回来了？"

甭提堂嫂有多急了，骂道："你们王家兄弟都是孬孙，我进了您王家真是倒了八辈子霉了，为了不让你打光棍，我亲自出面当媒人，想让俺三妹嫁给你，今个还差一点让你给摔死。最后，我好不容易把俺娘家人都说通了，让你与俺妹见个面，走个形式，春节前就准备让你们结婚呢，却找不到你了，早等晚等也没等到你。我回来还是让俺三妹送的。"

我忙问："您三妹呢？"

堂嫂说："送到咱村口走了！"

我忙说："那我得去追。"

堂嫂说："你别追了，俺娘家人都说了，以后你就是能当上总统，三妮也不会再嫁给你了。"

我还不死心，回家推着自行车就追过去了，一直追到堂嫂娘家的村口也没见人。这个媒让我后悔了一辈子，到现在堂嫂的三妹还是我的梦中情人呢。

六、为娶我现在的结发妻差点变成水鬼

俺堂嫂给我说的这个媒，又没有成，我对自己的婚姻彻底绝望了，经常无精打采。街坊婶见了我，叫着我的名字说道："麦对啊，天天看你像得了相思病一样，是不是想媳妇了？要是想娶媳妇我去给你说一个。"

我苦笑着说："婶啊，您别取笑我了。"

街坊婶接着说："你要不要吧？"

我脱口说道："那谁不想要啊？"

我本想着俺街坊婶是和我开玩笑的。谁知没过几天，街坊婶叫着我和俺妈，说给我介绍个对象，是她姐的婆家妹妹。

街坊婶简单地介绍道："女孩自然条件一般，是个能过日子的人。农活样样不在话下，还能扬场放磙；会纺花织布，也会纳千层底，还会做小生意。"我听后，心想："这正好与俺家门当户对，如果女方同意成婚，别人也不会说我是个光棍了，到了冬天睡觉再也不用烧块热坯来暖身子了"。于是，我和俺妈连连点头，表示对这个媒没意见，催着媒人婶牵线把这个好事办成。

媒人婶接着说："咱男方这一边的家庭情况，我也向女方家里人一一介绍了，女方家也没意见，只要咱男方没意见。后天女孩和她娘家人就到咱们这里见面相亲，走一下形式。"

媒人婶临出俺家门时还特别嘱咐，那天要准备一顿午饭招待招待女方。离见面相亲的时间，还有一天。

第二天上午，我按俺妈的安排，去县城集上买了一条活鱼，割了二斤肉，还买了几样菜和其他必需品。全部置买齐后，我骑着车就往家赶。

骑车快到俺家村口时，都快下午1点了，四下望望，路上没一个行人。小时候常听大人们说，这一块不净，路边上有一个两米多深的水塘，水塘里有水鬼。特别是晌午，如果一个人到坑边玩，小水鬼就会出来把人拉下水作伴。

当我骑车骑到坑边时，头发梢直愣愣的，浑身直出冷

蒲韵吟草

汗，两只眼直盯着水坑的最深处，嘴里还念叨着："小水鬼啊，你可别出来啊，我还没娶媳妇呢，你可不能让我和你作伴啊！"我正在祷告着，自行车顺着我的目光扑通一声掉到坑里去了，真是怕鬼碰见鬼了。

那时候，我不会游泳，出于求生的本能，用尽了浑身的劲四肢乱踢蹬，头露出了水面。但脚被什么东西拉住死死地往下拽，我拼命地挣扎，终于爬出了水塘，右脚的一只鞋也掉到水里了，肚里也灌了不少腥水。

我长叹了一声："我的娘哎，因为想找个媳妇差点把命丢了。"

我回忆刚才发生的事，是不是真的被水鬼往下拽呢？我是受过教育的人，知道世上不会有鬼的，再一看烂的裤子和丢的一只鞋，刚才可能是被自行车挂住脚和裤子了。

我愣怔了一会，自己也不敢下坑去打捞自行车和买的东西，只好脱下剩下的一只鞋提着向家走去。到家后，慌忙换了衣服和鞋，去见了我妈。

我妈忙问我："你买的鱼呢？买的肉和菜呢？自行车放到哪了？"

我答道："买的鱼丢到咱村口水塘里游走了，肉和菜让水塘里的水鬼吃了，自行车也被水塘里的水鬼借走骑了。"

俺妈没好气地说："你甭给我打哑谜了，我还急着收拾呢。"

我接着说道："谁打哑谜了，是真的，我还差一点被水鬼拉走作伴呢。"

我把刚才发生的事一五一十给我妈叙述了一遍。我妈听后吓了一大跳，自言自语地说道："人没事就好，人没事就好。"

我妈接着找人将自行车捞了出来，但是，掉到坑里的鱼啊肉啊菜啊，一样也没捞出。于是，我妈又找人去县城按原来买的品种一样不少地重新买了回来。

第二天上午，女方的家人和女孩按约定来到了俺家相家，又安排了我和女孩单独见面谈话。

在和女孩谈话时，我向女孩大吹大擂，自我介绍自己学了一身手艺，我会砌墙挂瓦，还会做大立柜，见了啥一学就会。在谈话快结束时，趁女孩不注意时还往女孩脸上来了个吻，竟然因此打动了女孩的芳心，到了年底俺俩就典了礼结了婚，女孩就是我的结发妻，我现在的爱人。

结婚后俺媳妇还念念不忘地说："我是被你骗到您王家的，见面时你说你自己是木泥两作，自结婚到现在也没见你砌过墙，也没坐过你亲手做的小木凳。"

我也笑着说："你还抱怨呢，因为想娶你我差一点成

蒲韵吟草

了咱村边上水坑里的鬼。"

说实话，我也不怕大家笑话，到现在我木工、泥工一样也没学会。

七、骑车带着我爱人去兜风，撞倒了交警

下面我再给大家讲一个我结婚以后发生在郑州的故事。

时间是1982年鲜花盛开的春天，我爱人从老家来郑州探望我，她是第一次到省会郑州，我想陪着她去玩一下。

去哪呢？按年龄段，上学时，俺俩在课本上都学过二七大罢工这一课，我们俩一商量，让俺媳妇坐上我的自行车，由我带着在大都市的大马路上兜兜风，阅览阅览郑州美景，再去二七纪念塔上转转，也再重温重温二七大罢工的故事。

当时我也知道骑自行车带人是违章的，并且查得非常严，如果让交警逮着，不但要交罚款，还得罚违章的人拿着小红旗到就近的十字路口站岗，指挥和监督行人或骑车人红灯停、绿灯行，时间不少于半个工作日。如果违章者不服的话，就将自行车扣下交给交警队处理。因此，我们一路上都是小心翼翼的，不断四面看一看有没有警察。

快到地方了，也就放松了警惕。由于第一次带老婆到

蒲韵吟草

大城市玩，非常高兴，就使着吃奶的劲蹬车，自行车飞快地跑着。

猛不防离前面小路口不远处迎面走来了一个警察，我慌了神，来不及刹闸，自行车顺着我目视的方向，向警察撞了过去，把警察撞了个仰八叉，俺两口和自行车也重重地摔在了马路上。

顿时看热闹的人围成了一片，大家你一言我一语地说道："骑自行车带人撞警察，你是不是没事找事啊？"

有的说："出了这事看看交警咋处理吧。"

俺媳妇觉得我惹出大事了，双手握着大腿躺在地上，满脸带着痛苦的样子，好像疼得受不了，嘴里还"哎哟哎哟"直叫唤。

于是有的说："赶紧叫救护车把人拉医院吧！"

这时警察叔叔双手按着地，龇牙咧嘴地站了起来。警察叔叔不但没有责怪我，也没有处罚我，还慌忙拦了一辆轿车，让司机学雷锋给我俩送到医院。警察叔叔接着将俺媳妇扶上了车，并帮我将自行车放到了轿车的后备厢，让我陪着我老婆抓紧到医院去看病。

学雷锋的司机将我们俩拉到了就近医院的急诊室门外，停了车，帮我搬下了自行车。我扶着我爱人下汽车后，对司机连声表示感谢。

待学雷锋的司机开车走后，我对媳妇说："咱赶紧去拍片看病吧？"我老婆却回答："没事了，我不去。"

我急着说道："人家警察对咱这么好，又找车给咱们拉到医院，你咋不看呢？"我不由分说，背着我媳妇就进了急诊室。

经过拍片检查后，我老婆除了腿部皮肤擦破外，其他部位都很正常。当我俩走出急诊室门外时，我忙问媳妇："骨头并没有事，刚才你怎么能疼成那个样子？"

俺媳妇先是不回答，当被我问急时，脱口说道："我怕交警处罚你，那是我故意装的。"

我听后扑哧一声笑了。

刚才叫她去看病，她高低不去，原来她是装得那么严重哦。

我带着责怪的意思对她说："你咋不给我说呢，我又是挂号又是急诊又是拍片，还是背着你去，还多花了冤枉钱。"

老婆却道："你也不听我解释啊，我说不看，是你强行背着我去拍片的。"

我开玩笑地说："平时看着你还挺诚实的，今天你咋不老实了？"

我老婆没好气地说："这不都是为了你吗？"

接着，我老婆好像很认真地对我说："要不咱俩一块去，我如实地向那位交警坦白坦白，道个歉？"这时我老婆的腿也不瘸了，说着就拉着我去见那位警察。

　　我心里也知道是老婆故意逗我的。于是我满口答应道："好吧，叫我推上自行车。"

　　接着我又笑着对老婆说："你先想好，既是你道歉，单凭你故意装病，交警也得罚你站岗。"

　　我老婆随即说："站就站。但你比我站的时间还要长，因为车是你骑的，你又故意撞倒了警察，那位警察是要加倍处罚你的。看你丢人不丢人，也看看你咋收场。"

　　说着说着俺俩已经走出了医院大门，俺俩对视了一下，都会心地笑了，推着自行车就回我们住的地方了。

　　出了这样的事，后来俺两口也非常愧疚，觉得很对不起那位警察。每当俺两口谈起这件事时，总觉得自己办事缺德，并对警察满口称赞："这个警察叔叔真好。"

　　到现在我真想找到那个警察，和他喝两盅，说声对不起。

　　关于我骑自行车所惹出的笑话和我的婚姻故事还很多，如果您愿意听，以后我再向您慢慢道来。

学开汽车所发生的故事

前面，我讲了关于我骑自行车的几个笑话。现在，我再给大家讲一下我学开车的一些故事。

一、第一次开车上路，就享受了交警叔叔的敬礼

我学开车颁发驾驶证时，没有现在要求得这么严。在我驾驶技术不精、对驾驶专业知识还没全面掌握的情况下，就拿到了驾驶证。第一次开车上路就闹了笑话。

那一天，我拿到车钥匙，打开车门，车是手动挡汽车，坐到车上想了一会儿驾车程序。先用左脚踩住离合，再拿车钥匙插到车上一拧，车轰的一声发动着了。于是右手挂上前进档，左脚松下离合，右脚踩着油门，握着方向盘就上路了。在行驶的路上，心里非常得意，还想着这比学骑自行车容易多了。

正在高兴时，车驶到了十字路口，这时，红灯亮了，我

没有踩离合也没有将档位换为空档时就踩了急刹车，车憋熄了火，我的车排在了等待绿灯放行的第一位。

因我操作不老练，绿灯亮了，我还没发动着车。这时，我慌忙踩上离合，把车打着了，左脚一松离合，车又憋灭了。原来是刚才熄火后，没有摘档，档位还在前进档第三档上呢，因供油不足又导致了熄火。

排在我后面车辆的鸣笛声和叫骂声响成了一片。后面越催我越慌，我越慌越不会启动。待又换红灯时，我的车还在原位一点没动。

这时，一个交警走到了我旁边，"唰"的一声给我敬了一个礼。

然后问我是怎么回事，我如实坦白了我开车技术不精。警察叫我把驾驶证和车钥匙交出来，让我接受处理。

接着那个交警把我的车发动着，将车停在了不影响通行的路边上了。他又打了一个电话，不大一会儿，来了一辆专用车将我的车拖走了。

二、我带爱人去兜风，导致了四车连环相撞

上回说到，因我开车技术不精，造成了道路堵塞。交警收走了我的驾驶证，并拖走了我的车。后来经过培训学习，交了罚款，领回了车辆和驾驶证。我又在人少的大马

路上进行了多次操练，我自认为我的开车技术中了。

有一天，我对爱人说："车我已经学会了，今天你坐我的车去兜兜风吧！"

我爱人满心高兴地坐上了我的车，一路上又说又笑。

当我驾着车走到河南医学院北边高阳路大斜坡中间时，因车流量大，我前面的车突然停了，在没有踩离合的情况下，我慌忙踩了刹车，车被憋熄了火。这时，前面的车开始走了，我急忙将档摘掉，右脚踩着刹车，左脚踩着离合，将车发动着了，右手挂上了前进档，当脚刹和离合松开后，因是上坡路，右脚还没顾上加油，车又憋灭了。

因手脚配合不好，汽车不但没有向前挪动，反而往后溜，惊动得后面排队的车辆不断地向我鸣笛，也纷纷直往后退，就这样不是挂上档熄火，就是踩离合时车往后退，反反复复进行了多次，我的车也后退了好远。

最后我急了，心想：手脚配合得一定要快，于是手忙脚乱地左脚踩住离合，左手握紧方向盘，右手挂上了档，左脚立即松开离合，右脚一脚把油门踩到了底，谁知汽车向后猛地冲了过去，咚的一声响，撞到了我后面的一辆车。我后面的车被撞到后，由于惯力作用又撞了后面的，就这样造成了四车连环相撞事故。

造成这个事故的原因，是我挂错档了，本来是想向前走的，结果挂到倒车档了。我赶紧下了车，看了看现场，头就蒙了。

赶紧拨通了俺哥的电话，让俺哥来看看怎么处理，俺哥不大一会儿就赶到了现场，看了看事故车辆，这时一群人正围着我骂骂咧咧要求处理呢。

俺哥拨开人群见了我，开口训道："你还不会开车就上大马路上炫耀啥啊？你是不是不想活了？"

劈头盖脸对我吵个不停，这时候，把我吵急了，脱口说道："我不会开我也没有把车撞到树上，从天上落下两个小孩。"

俺哥一听这话扑哧一声笑了。我这样说是揭俺哥的短处的，是揭俺哥学开车时发生的一件事。

事情是这样。那一年春天，我们亲戚家孩子结婚，不久前俺家刚买了辆小轿车，由我哥开着车，我坐在前面副座上去喝喜酒。那时俺哥开车还不老练，但跑得非常快。

当车行驶到离俺亲戚家不远处的南北方向的道路时，路非常窄，不足三米宽，也没设路边石。左边是一条河，约有两米深；右边是绿油油的麦田。

这时，我看了看俺哥，一脸紧张的样子，只见他双手紧握方向盘，目瞪前方，眼都不敢眨一下。我又一抬头，只见右边离车约五六米远的路边上长着径粗约30厘米的一棵柳树，离地四五米高的两个树杈上分别坐着两个约七八岁的男孩正在树上玩耍。我"哎、哎"叫了两声，我本来是想提醒俺哥把车开得慢一点，离树远一点。

谁知俺哥认为车离河太近了，怕车掉到河里，忙向右打方向盘，本是去踩刹车想减速的，但脚猛地踩上了油门，汽车轰的一声向着柳树的方向跑去，"嘣"的一声正好撞在了柳树上。

由于柳树强烈震动，只听"咚咚"两声从树上掉下了两个人，一个落在了汽车的引擎盖上，另一个落在了麦田里。这两个小孩都很皮，一声也没哭没喊，两个小孩都吓傻了。

出了这事，喜酒是喝不成了。俺哥让我去村里找到了两个小孩的家长，又赶紧找车将两个小孩拉到了长垣县人民医院，拍了拍片，又全面做了检查，除了皮外伤和轻微骨折外，内脏和颅内没有一点事。但两个小孩的家属对县级医院的检查还不放心，又分别托亲戚到省会郑州的知名医院做了全面复查，复查结果和长垣医院的诊断书一样，两个小孩的家长也就放了心。

两个小孩的家长也非常通情达理，俺哥也尽量满足他们的要求，当两个小孩康复后，他们的亲戚与俺哥还成了好朋友。

事后，俺哥问我："今天咱是不是遇见鬼了，整条路两边就这一棵树，偏偏这两个小孩又在这棵树上玩，当小孩从树上掉下时我还以为是做梦呢，天上都是下雪下雨怎么会下小孩呀。下一个也就罢了，还下了两个。"

接着俺哥又说道："今天发生这事都怨你，我正开着车走得好好的，你'哎'啥呢？你一声'哎'我才向右打方向的，要不是你也不会发生这事。"

我听后也不敢反驳，只好点了点头。但我心里说："方向盘在你手里，我只是'哎'了一声，你咋把全部责任都推到我的身上了呢？"

自从出了那事后，俺哥到现在也不敢再开汽车了。

我刚才一提这事，俺哥也不吵我了，忙与后面被撞车辆的司机商谈怎样修车、怎样赔偿。这天，我本来想带上俺爱人上街去兜风的，结果没兜成风，办了个没材料的事。

三、回老家过新年，在回家的路上差点见了阎王爷

因上次的事故，我车的后保险杠报废了，换了新保险杠，我又开着车重新上路操练了，后来终于觉得自己已掌握了开车技术了。

这年春节，因俺父母都在老家，全家人决定回老家过年，喝辞岁酒，吃团圆饭。一切事情都安排妥当，已是大

蒲韵吟草

年三十下午一点了，这时天正下着小雪，孩子都搭着俺哥的车先走了，就剩下俺嫂和我爱人搭我开的车回我们的长垣县老家。

我是第一次开车出远门，俺嫂和俺爱人对我开车不放心，问我："你中不中啊？要不再找个司机？"

我拍着胸脯回答："连我都不相信吗？没问题。"

我说归说，但心里还是有点怵。既是夸下海口了，就开车上路吧。因归心似箭，就决定从郑州柳林站上连霍高速。

这天下午还下着小雪，我小心翼翼地进入了柳林收费站的收费口。因开车技术不精，车停得离收费口的间距太大了，我伸了几次手，就是够不着接通行牌，后面的车一直鸣笛，我急忙下了车，接下了通行牌，惹得收费员直笑。

接过通行牌没走多远，老觉得车不想直走，光往右边靠，想下道。我心想是下雪路滑吧，于是我双手握着方向盘使劲往左拧方向。走了一段只觉得两只胳膊酸痛，实在支撑不了，我对俺嫂她们俩说："我的胳膊疼，我得停下来歇歇，透透风。"

下车后我惊呆了，怨不得车老是想往右边高速护栏上撞，原来汽车右前轮一点气也没有，轮毂着地了。

这怎么办呢，我看了看后备厢，还好有备胎，但又一想还是不行，因我没有换过轮胎不知道怎么弄，赶紧拿出大哥大，拨通了一个有开车经验的朋友的电话，让他开车过来给我换一下轮胎，我朋友满口答应，说让我们稍等马上来。

我们三人坐在车里面焦急地等待着，我也不断地下车向后观望，等了将近一个小时，我的朋友终于开着车停到了我们的车前。只见他下车后找到千斤顶将车的右前方顶了起来，然后搬起备胎，拿起扳手三下五除二将轮胎装好了。

车修好后，我开着车又上路了，车进入中牟境内不多远，又罢工了。我把油门踩到底汽车不但没有提速，反而慢慢地在行车道停下了。我让俺嫂和俺爱人下车将车推到了紧急停车位上。

我又给帮我换轮胎的朋友打了电话，我说我的车坏在中牟境内了，你还得过来给我修修。我朋友简单地了解一下，问我是不是没油了，我说不知道，要不你把汽油也捎来吧。俺们三人在等待的时候，真是又急又冷，三人不停地直跺脚，俺嫂和俺爱人嘴里嘟嘟噜噜一直埋怨我。

我们足足又等了一个多小时，我的那个朋友终于到了。他先把一大塑料桶汽油加到了油箱里，我拿着车钥匙一打火，车轰的一声发动着了，我高兴地笑了。上车走吧，这时已经到下午五点了，天快黑了，把车开快点抓紧赶路吧。

我开车走的是慢车道，前面的大货车比我开得还慢。于是我把车开到了快车道准备超车，但开到要超车的位置，老觉得超车道太窄心里害怕，就减速了不敢超，就这样进行五六次，想超车时就又减速了。但别的车嗖嗖的一个一个都超了过去，吓得我心里一惊一惊的。

这时俺嫂和俺媳妇对我埋怨起来了："你咋不超啊？像这样开法，啥时候能到家啊，咱三个还能赶上吃年夜饭吗？"

她们两人这么一说，我急了，心想：这么多车都能超，我就这么胆小吗？于是双手紧握方向盘，看准中间位置，将俩眼一闭，脚一蹬油门，"呜"的一声超了过去。待睁开眼时，心里还咚咚直跳。

再后来每遇见比我慢的车辆，我就将眼一闭，一踩油门就超了过去。到现在回想起那样的做法觉得又可笑又害怕，希望大家别向我学，那是拿生命开玩笑的。

自进高速路虽说发生了那么多事，终于到了开封东收费站准备下连霍高速，到了收费站交费时，还是手里拿着钱就是够不着收费员，我还得下车将钱交给收费员。

下了高速走地方公路，向正北长垣老家的方向开去。

这时，雪越下越大，路上也结冰了，道路非常滑。正

蒲韵吟草

走着望见前面有一处上高坡路段，最高处是黄河南边东西方向的黄河大堤的上平面，我好不容易将车开到大斜坡最高处。

但往下坡一看，对面往南相反方向走的好多辆大货车都因道路结冰，坡陡路滑，爬不上坡，正在用东方红大拖拉机拉着牵引往上拉呢。还有一辆大拖拉机，违犯交通规则站在了我的行车道上的二坡上，把整条道路都堵死了。

我一看这个场景心就慌了，踩刹车吧，在学车时听老司机说过，结冰的路面不能踩急刹车，否则会打滑而掉头转向。我一看我右边是五六米高差的地形，又没有护栏，如踩刹车，别再车毁人亡。这时我的脑子还算清醒。

这时也来不及多想了，在没有踩刹车的情况下，双手抱紧方向盘双眼一闭，听天由命吧。俺嫂和俺爱人看到我没有采取措施，吓得嗷嗷大叫。只听"咚"的一声，我睁开眼一看，我的车撞在拖拉机的后屁股上了，拖拉机被撞后往前跑了好远。

幸好我身上系了安全带，因此，我感觉并没有受大伤，我连忙问坐在后排座的俺嫂和俺爱人身体是否受了伤。但问了好几句，都没回答，原来她俩都吓傻了。后来等她们俩回过神，都说没有大事，就是觉得胸口和头特别疼。

蒲韵吟草

我忙说："再疼也得忍着啊，这也没法去看呀。"同时俺仨嘴里还不断嘟噜着说："真是万幸。"

我又慌忙下车看了看我的车，只见前脸撞得不成样子了，水箱也被撞烂了，热水流到地上冒着一团团水蒸气。我又看了看拖拉机，拖拉机除有些塌陷外，倒没有大事，拖拉机司机自知理亏也没说什么。我自知是我自己撞到人家车上的，也不好意思向拖拉机司机索赔。

我拨通了保险公司的电话，说明了事故原因，对方说抓紧联系人去看现场，但我等了一个多小时，打了无数次电话进行催促，最后回答是：负责看现场的人员都回去过年了，找不到人，等明天再处理吧。

车是彻底没法开了，总不能在这里过夜吧。我又给俺本家侄子打了个电话，说明了情况，俺侄子回答："我找个车去把车拖回家吧。"

在等待保险公司和等俺侄子的过程中，时间真是难熬，又冷又饿。因急着回老家，中午我们都没吃饭，这时浑身没一点热气，俺们三个一个个抱着胳膊一直在雪地里跺脚。

好不容易等到俺侄子开车来了，已是晚上9点了。俺侄子从车上拿了一条麻绳，连忙将两个车系上。俺嫂和俺爱人上了俺侄子的车，由俺侄子开着他前面的车，我坐上坏车握着方向盘被牵引着跟着走，缓缓地向老家的方向驶去。

这时，道路上的积雪由于经过来往的车辆碾压，形成了凸凹不平的沟沟坎坎，又结成了冰，特别难走。汽车轮胎不断地打滑，光呜呜就是不想走。

更糟糕的是俺侄子拿来做牵引的麻绳也不结实，每逢我开的后面的车遇见大的沟坎时，前面的车一加油，后面的牵引绳"嘣"的一声就断了，或前面的遇见障碍刹闸或减速时，后面的车怕两车相吻，如将闸刹死，牵绳还是拉断。就这样断了接上，接上又断，反复的下车接绳，下车接绳的滋味真是不好受。

我驾的坏车没暖气，又加上中午没有吃饭，冻得真是受不了。虽说车里冷，还是比外面的温度高出一些。

因温差的关系，我所呼出的气吹到了前面挡风玻璃就形成了一层冰，我用一只手紧攥着方向盘，用另一只手不停地擦挡风玻璃上的冰霜。并且车门的玻璃也不敢摇上，外面的风雪直往车里灌。若把玻璃摇上，前面挡风玻璃上及车门玻璃上的冰霜更多更厚，如擦不及冰霜视线更差。只冻得脸和双手麻木，没有了知觉。

只要前面的车跑着，我便咬着牙死撑着。俺嫂和俺爱人也不比我好受多少，因车一打滑走不动，她们两个必须下来推车，车轮打滑所甩出的冰雪泥浆喷得满身都是。

经过无数次的推车和无数次的牵引绳拉断而下车接绳，终于跑到了长垣县与封丘县的交界处王堤口了，也就是黄河北边的东西方向黄河大堤南侧脚下了。牵引绳由原来的四米，接成了一个疙瘩连着一个疙瘩，两车之间的牵引绳的长度还不到 1.5 米了。最后由于两辆车牵绳长度太短，后车一不小心就碰到前面车的后屁股上了，造成了前辆车的后保险杠被撞得稀烂。

黄河大堤的坡度很陡。我侄子加足马力拉到了半坡上，由于坡陡路滑再也爬不上了，两辆车的车轮光空转打滑就不往前去，车还掉头转向，牵引绳又断了几次，实在无法再接了。最后两辆车也滑到桥边上，要不是有护栏挡着就掉到王堤口的河里了。

实在没办法了，又给家里人打了电话，来了辆车又带了几个人，用新带来的牵引绳将车系上，连推带拉的将我和俺侄子的两辆车分别拉上了堤，接着顺利地拉到了俺家。

到家后中央电视台转播的春节联欢晚会里的新年钟声正在敲第十二下，已经进入新年了。这时候家家鞭炮烟火齐鸣，呈现出一片欢度新年的气氛。

俺爹和俺妈首先看到了两个儿媳妇，回来时刚换上的过年的新衣服，由于推车时车轮所溅起的雪泥糊涂弄得看不出衣服的颜色了，从前面看浑身没有一片干的地方，并且已结成了冰，胳膊腿一动咔嚓咔嚓响。俺爹娘一看到，心疼得忙问："咋弄成这样了？"

我忙回答："我和您两个儿媳妇去给阎王爷拜年，敲了几次门，门都没开，就慌忙赶来先给您二老叩头了。"

最后我又说道："今天俺仨所遭遇的事，与红军爬雪山过草地相比，所受的罪不知还能相差多少！"

俺嫂也接着对俺爹娘说："从今以后，打死我，我也不会坐您二儿子开的车了。"俺嫂也真是有骨气，真是说到就做到，到现在我们大家庭在郑州聚餐时，俺嫂宁可步行，再也不坐我的车了。

通过上面我学开车所发生的故事，我想告诫大家，还没有学会开车和刚拿到驾驶证的朋友，在对汽车操作技术和交规等专业知识还没全面掌握的情况下，甭轻易开车上路，否则，是非常危险的。

倘若我开车时，能全面熟练掌握有关技术和知识，也就不会发生上面的故事。

特别是最后发生那次汽车行驶在结冰的大下坡路面上，前面又有障碍物，当时我若能轻轻地点一下刹车，可能就避免了那场车祸。那次发生的事故，幸好是刚上到高坡的顶端，我的车速并不高，如当时的车速还很高，又没有踩刹车，就可能造成车毁人亡。或者当时，我若手忙脚乱地踩了急刹车，也可能会造成汽车掉头转向而落到五六米高差的地上，我现在也不可能给大家讲我开车的故事了。

　　我开车所发生的故事还很多，您若愿意听，抽时间我接着给你们讲。

蒲韵吟草

卷五

评论

一个苦旅者的心灵碎片
——王麦对先生诗集《蒲韵吟草》

高旭旺

王麦对，中原诗词界不可或缺的才子。

时间是没有记忆。只有写诗，填词者从母语中寻找属于自己的词和词根，盘结起来，从灵与肉的缝隙里出发，把自己的生命体验和生活碎片，以诗词的形式去记录，凸显，吟咏，诠释心里路程的宽与窄、长与短。在路上，诗人王麦对就是这样靠人读书、靠心写诗的人。

说句心里话，我认识诗人王麦对的时间不算太长，也不算太短。在长与短的交流、对话、探讨中，知道他是一个地地道道的农家子弟。他为了生存，或者叫养家糊口，放弃自己求学读书的机会，无奈地跟着家乡人进城打拼。他是一个苦孩子，风里来，雨里去。在脚手架上挥动着瓦刀和吊线与蓝天为伴，与白云为伍，披星戴月地与钢筋、水泥、砖石打交道，每天抚摸着痛疼过日子。他是一个苦孩子，为描绘中原父老乡亲住宅、家园、街巷的蓝图，他挥洒了自己的汗水和心血，他为了展示每座城市的风貌、靓丽、唯美，无私无悔地献出自己地青春和梦想。

俄罗斯诗人沃兹涅先斯基说："可以不当诗人，但谁能忍住那门缝夹住的一缕光的尖叫。"长期在新蒲集团任总经理、党委副书记的王麦对先生，在当今物欲横流、拜金成风的市场环境下，能保持一种宁静的心境、致远的品位和心灵的修行，在复杂的事务中挤时间，找空闲读书、写诗、填词，以诗人的潜质和诗词的方式来陶冶沉暗的情操，填补心灵上的空缺，消散生活上的孤独。我从他的《蒲韵吟草》《德厚流光》两部诗集中，清楚地看到他对诗词的执着追求和对语言的纯粹向往，承担起一个诗人独有的社会责任和人性良知。比如《孝为先》："万事孝为先 / 爹娘须惦牵 / 今朝应尽到 / 留与后人传。"

从阅读与审美的角度来说，诗人王麦对巧妙地运用了浪漫主义和现实主义相结合的艺术手法，浸透了诗圣杜甫的忧患意识、诗仙李白的哲学意识、诗魂白居易的宗教意识，从而彰显了他诗性的独立存在和词的飞扬空间。我从他的二百四十多首诗词中，筛选几首我比较看好的。如《爱看流星闪》《涂泥满身挂》《二十四节气》《翡翠谷》《三十有感》《劝人》《忍字高》和填词《长相思·深秋》《念奴娇·赤壁游》《卜算子·咏柳》《蝶恋花·梦中情人》等。我从事中国新诗写作和研究，但对中华诗词学习、写作甚少，在平仄和韵律上更无话语权。

这些年，我和诗人王麦对从相认到相识，又从相识到相知。更深地了解他能把过去在农村生活的记忆和进城打拼的岁月，从阅读上转化为写作的财富。他从会议室、办公桌、谈判书上抽出身来，取古体诗词的轻灵短小的样式，而不拘泥于其束缚人手脚的平仄、格律、随时随地地从心灵深处书写生命的体验和光景的流逝。他很内向，话语不多，而作品，没有任何功利色彩。他并不看重作品能否发表、获奖，只看重写作中的精神愉悦和诗意享受。在这里我敬佩的是，诗人王麦对的《德厚流光》——藏头诗已被北京著名诗词家黄莽先生撰写序文从藏头诗的起源到当今创作中的优劣现象给予了翔实的评说和论述，在读者心目中留下了极深的印象。

英国诗人艾略特说："诗可以说是一切艺术当中，最富有地方色彩与固有性的艺术，都是耳聪目明的人们得以享受到的。可是语言中，尤其诗，绝对没有这样轻而易举的事。"我要从一个编辑视野和角度来研讨、学习诗人王麦对创作藏头诗的准备和勇气。诗人王麦对用几年时间耕耘藏头诗超千首，从文友卷到同事卷再到同学卷，凸显了

蒲韵吟草

诗词是有生命和立场的。如果说河流是一种流量与一朵浪花所展示的实力和远方，那么诗词应该是这条河流上的灯塔和渔歌。诗词作为文学中的文学，其价值、意义、作用便可想而知。纵观中外文学史，诗词对于一个国家和民族的重要作用和意义不言而喻。不是吗？法国因为雨果、巴尔扎克、罗曼·罗兰、萨特等大师引以为豪，苏联因为高尔基、托尔斯泰、屠格涅夫等大师而令人瞩目，德国因为歌德，英国因为莎士比亚、雪莱、劳伦斯、艾略特等大师引为荣光，意大利因为但丁，奥地利因为卡夫卡而令人心驰神往，中国因为诗圣杜甫、诗仙李白、诗鬼李贺、诗魂白居易和毛泽东等引以为人民与民族的骄傲。我在这里不敢说诗人王麦对的诗词堪与国内外大师比美，但从他创作藏头诗的数量上而言，已经给当今诗词界展示了诗人的勤奋和天赋。古人云，量变引起质变。量变是诗人王麦对的刻苦写作、好学求进、不断探索的结果，而质变却印证了他的诗学修养和内心修行，给广大读者论证一条哲理——诗词是有生命、立场的。比如他的诗新古体《江榜成》《王全书》《王双对》《李金枝》《陈佰仲》《贾文龙》《王慧》等最为我喜爱。而他的填词《满江红·宴请恩师于教师节》《水调歌头·游长垣凤凰城》等为上乘之作，值得我学习和耐嚼。

众所周知，中国是诗词国度，悠悠五千年，诗词有着光辉灿烂的历史，在中国文学创作中处于皇冠地位。几年来，诗人王麦对一直孜孜不倦地研读诗词，学习诗词，创作诗词。对他本人来说这就是一种喜爱。换句话说，诗词创作已成了他生命中最重要一部分。他爱诗词胜过爱江山，爱美女。诗是什么？是自由，是宗教。词是什么？是修行，是祈祷。在文朋诗友雅聚之时，我常说的一句话：诗是一个民族的一盏灯，如果这个民族没有诗，就不是一个完整的民族。在路上，我们就是点灯的人。

　　在路上，诗人王麦对就是一个忠心耿耿、一心一意点灯的人。他用光去照亮诗词的内核之美和外形之美。诗词内在的结构之所以能够成为产生诗词的外在结构的原动力，是因为诗词的内核是由意象所蕴涵的情感理性在对立统一的运动过程中所形成。诗人在创作中各自都有思考、审美、追求和探索等，是由其平生阅历、文化滋养、人格魅力、精神追求所决定的。当他对客观事物和直观感受深入思考，就会在自己的理性观照之下，从切身感受中萌生自己的独特发现，是一种诗人的审美密码和诗学向度。诗人在自己的创作中不要追风跟雨，争做一位敢突围与冒险的战士，在快速发展的今天，一定要做到守真，求美，向善，将自己的心灵净土呵护一生，为诗词的生命、立场营造新的秩序和生态。

最后，我要说的话，也是对诗人王麦对的希望。在今后的诗词创作中，必须要学会阅读，走进阅读，超越阅读。阅读是每个优秀诗人的内心修行，灵魂陶冶。也就是对每个优秀诗人诗性的检验和诗思的考量。这一关必须要过，不然的话，诗词创作的路越走越窄。一家之言，供诗友王麦对先生参考。

庚子年夏月郑州诗缘居

作者系中国作家协会会员，全国诗歌报刊网络联盟首轮主席，中国诗歌万里行组委会副主任，中国诗歌学会理事，河南省诗歌学会名誉会长（原河南省青年诗歌学会会长了，我河南省诗歌学会执行会长），大河诗刊社社长兼主编。

评《蒲韵吟草》

包德珍

一

在古人所写诗词中，四季变换有之，登临山川有之，人生际遇有之，悲欢离合有之……写的最全的，要数杜甫。我们常常把他的诗歌称为"诗史"，说他的诗歌是唐朝由盛转衰的历史，这是从国家角度讲的。从个人角度来讲，他的诗歌是"心路历程"，从青年时代一直写到暮年的病危时刻，记录了他的理想、他的奋斗、他的落魄、他的遗憾。首先诗是言志的，志，本义为志向，心之所向。"志，意也，从心之声，如：立志、意志、志气、志趣、志士、志愿等。诗言志是诗人通过描写的物表明心迹、人生态度和对人生的感悟。"志"也指心情、志情。诗又言情，情本义因外界事物引起喜、怒、爱、憎、哀、惧等心理状态："感情，情绪，情怀，情操，情谊，情义，情致，情趣，情韵，情性，性情，情愫，真情实意，情景交融。"另一方面，情有亲情、友情、乡情、民族情、爱国情、阶级情等。唐诗中，送别诗是歌颂友情；情诗是歌颂情爱；歌颂乡情、民族情、爱国情、阶级情等。诗词其实就是"诗言志"。例如：屈原《离骚》是一首政治抒情诗，倾诉了对楚国命运和人民生活的关心，"哀民生之多艰"，叹奸佞之当道，主张"举贤而授能"，提出"皇天无私阿"，对天命论进行批判。屈原历来被称颂为中国历史上最著名的爱国诗人。可见，言志与言情的意义。

本集《蒲韵吟草》作者王麦对先生作为一个企业家，工程担子本来就重，很少有节假日，但能挤出时间写出大量诗词，并能结集实属难能可贵。诗中充满正气，题材广阔，有着意内言外的意味和美好的意境、音韵美。写作方法上，抒情方式上，借鉴古诗歌，情感炽烈化，体现了诗歌又是诗人个人情感和灵感的结合，即读其诗了解其生平、喜好、作者的心理，都会打上时代的烙印。

《孝为先》这首是作者的真实写照，两年前的夏天我们诗人去郑州采风，在他公司听到他每天晚上下班必给八十岁老娘洗脚，风雨不误一直坚持着，当时入会的听到后都特别感动，从这一件小事上看出孝心，重在坚持日复一日。有句古语说的好："百善孝为先"。意思就是说，孝敬父母在美德中占据首位。一个人如果不孝敬自己的父母，就很难想象他会热爱祖国和人民，那么又有谁愿意真心与之交往呢？在《弟子规》中"首孝悌"就是要求我们做人必须要以孝敬父母为己任。父母呼唤，应及时回答，父母有事交代，要立刻动身去做，恭敬地聆听父母的训导等等。在古代，三国的时候，孟宗从小就与母亲相依为命，孟宗一直很孝顺他的母亲，对母亲侍奉有加。有一次，母亲病得很厉害，很想吃用鲜笋做的汤，可这时已近冬至，天气很冷，但是他一定要去采，这个故事一直流传下来。孝顺长辈是中华民族的传统美德，作者绝不能丢掉老一代流传下来的良好品德，让自己尽最大的努力好好侍奉长辈。

《恩他早忘去》这首诗体现了作者的人品修养。他在生活中曾帮助很多人，但自己所持的态度是不求回报，不做小人恶人，一生求善。他人有恩于自己时，我时刻铭记在心，不要忘记，去报恩。我们有恩于别人不要记在心上，就当一件小事，更不能以恩要挟。作者深谙老子学说，特注重修养。老子《道德经》说："上善若水，水善利万物而不争。处众人之所恶，故几于道。居善地，心善渊，与善仁，言善信，政善治，事善能，动善时。夫唯不争，故无尤。"王麦对先生给人感觉，和蔼可亲，面相很善，这是发自内心的坦然貌。

《三十有感》《四十自勉》这两首是感怀诗，三十有感、四十自勉，从题目上便明白其意旨了。一感慨："三十而立度岁虚，半截入土自为稚。""天生木讷人迟钝，笨嘴拙舌无作为。"当醒悟后便寄望于未来："枉度年华迎不惑，倾心圆梦岁时催。""掐算人生日程短，风华正茂有几时？"写出时间就是生命，要倾心去圆自己的梦想，积极追求美好的明天。

二

一切作品都是反映社会生活的，诗比其他文学体裁要更加集中、概括地反映生活，它必须选取和提炼最能反映生活本质、最富有特征的事物，抓住由此激发出来的强烈感情，通过最有艺术表现力的形式来反映丰富的生活内容。即使是短小的抒情诗，着重表现作者对客观事物的具体感受、体验和认识，表现作者由某一生活场景或某一事物、人物、景物触发所产生的情思，从而透过作者内心世界的展示，来反映时代精神和社会面貌。

《当年我会搭地铺》这首是纯抒情的作品，看来仿佛是一幅画，但重要的是那幅画在心中所引起的感情。写出一段自己的真实经历，搭地铺，草为床，柴荆为锦被，围桩便是墙，"工竣心欢喜，酣然入梦乡"的生活，非常艰苦，但写出了一种生活态度，非常乐观。生活，像一条奔流不息的河，昼夜不舍，演绎着生命的历程。每个人不同的人生经历和感受，决定了不同的生活内容和质量。有的人过得庸庸碌碌，像一本陈年流水账，有的人活得多姿多彩，似一幅绚丽的画图。作者以乐观、幽默的心，开朗、宽阔的胸怀忘却生活中的烦恼和忧愁，就能够运筹帷幄，把一切困难放在脚下，能认识勤奋是生活的动力，懒惰是成功的绊脚石。给自己每一个生活阶段，都制定出不同的目标，要有所追求。每达到一个目的，自己才真正会增加一分快乐和满足。

节气诗《雨水》让我们想起《二十四节气歌》"春雨惊春清谷天，夏满芒夏暑相连。秋处露秋寒霜降，冬雪雪冬小大寒。"朗朗上口，萦萦心头。雨水也是一个能够转移人心的节气，雨水前，天气相对来说比较寒冷；雨水后，人们明显感到春回大地、春暖花开和春满人间，沁人的气息激励着身心。正如本诗中所言："雨珠涤翠柳，汇聚万溪流。润物呈新貌，春来贵似油。"雨水节气，春花、春雨汇聚，是春和日丽的时候，是春耕的日子。所以结句凝练写出："春来贵似油。"雨声祝福平安，雨水冲走愁烦，雨丝捎去思念，雨花飞落心弦，雨点圆心愿，雨露润心田。韩愈有诗："天街小雨润如酥，草色遥看近却无。最是一年春好处，绝胜烟柳满皇都。"也强调了"春来贵似油"的见解。

《游豫西大峡谷》《攀登月老山》一首游水，一首游山。旅游是最开心的事，自己与大自然融为一体，观看美景，呼吸新鲜空气，实属美哉。文化是旅游的灵魂，旅游是文化的载体，观山观水把自己的感受融在字里行间。孔子曰：智者乐水，仁者乐山。王麦对先生事业成功与其修行分不开的，能体会大自然之美，把大自然的无私融入自己的骨髓里，感悟人生。《蒲韵吟草》收录许多作品，其中还有很多词作如：《菩萨蛮·祝贺"嫦娥三号"登月成功》写了祖国改革开放的大事，集中反映社会生活。笔法厚重，情感真切。

中国是诗的国度，中华民族是诗的民族，五千年的中华文明史就是一部悠长的史诗。从《古诗源》到《诗经》，从"楚辞"到"汉赋"，从唐诗到宋词、元曲到近现代诗词，浩如烟海，光辉灿烂，可谓中华文化之国粹，世界文化之瑰宝。喜欢诗词的人都是怀古念旧，温文尔雅，文质彬彬，有极好的耐心且耐得住寂寞。同时内心潜在的孤高清傲有些浓烈，追求诗情画意的境界，喜欢幻想，追逐梦想，甚至有时候举手投足之间拥有一股古典之风。平时闲暇之余喜欢写些富有人生哲理的东西来陶养情操，喜欢旅游，追求浪漫，王麦对先生性格也如此，写作非常勤奋，相信不久会有诗集问世。

2020 年 4 月 9 日

包德珍：号渔艇丽人，中诗协顾问，中华诗词论坛坛主，海南省诗词学会名誉会长，中华诗词学会高级学研班、中华诗词论坛网络学院导师。

评《蒲韵吟草》

傅占魁

　　读王麦对先生诗词集《蒲韵吟草》，一种天籁之音从遥远的天际归来。让我们温故知新，什么是诗的正声？沿着诗的长河，上溯唐诗，宋词，魏晋古风，先秦二、三千年前的诗骚,乃至四、五千年前原始歌谣的《弹歌》"断竹，续竹，飞土，逐突"。诗的源流昭示我们，诗并不来于天外飞仙，诗的清泉就在我们身边汩汩流响……诗是生活的馈赠，诗是劳动的结晶，诗是心灵的律动，诗是生命长青之树，是智慧不谢之花，是人类自己创造美的天使。

　　麦对君的诗词就是对诗的正声的诠释。他以一颗纯真的赤子之心，一支忠于现实的笔，朴实无华的语言呈现出心灵的挚爱。作者的孩子气让人亲切。如《过家家》："幼儿心好学，模仿过生活。捧土当成面，和泥去做馍。"以土喻面，以泥代馍。语出自然，十分贴切，反映儿童对生活的理解与热爱，是观察与创造的萌芽。又如《数星星》："抬头望夜空，张口数星星。向我眯眯笑，密繁查不清。"在幼儿的眼里，星星是可以数的，星星也是人，在天上一闪一闪的，眯眯地对着我笑呢。"眯眯"，传神，友好！孩童对天宇浩渺的神往。再看《涂泥满身挂》："青泥手里抓，对仗满身撒。坑里顽童笑，辨儿难住妈。"打泥巴仗往往是男孩子的游戏，犹如冬日大雪纷飞，打雪仗，塑雪人一样，都体现出生命本真的活力。诗的本质就在于呈现生命之美。诗人善写真实的情景，四句一句一景，前三句写抓泥，撒泥，与小伙伴们彼此瞧着对方，一个个都是泥娃，开心地笑了。结句别有奇趣，写孩子的妈妈，都辨认不出谁是自己的孩子了！以此，出其意外的一个戏剧性特写镜头，既反常又合情理，真切地反衬出孩子们涂泥之多，玩泥之久，沉浸于泥仗之深！游戏，是孩子的天性之乐。诗美，就是游戏的生趣。诗人就是把这种生趣意象化，审美化，情韵化。善写童趣，有孩子气的诗人，是纯真可爱的诗人。值此当今浮躁的社会，童心未泯尤为珍贵！

麦对诗词接地气，有泥土味。何谓接地气？"地气"出自《礼记·月令》，孟春之月，"天气下降，地气上腾"。"地气"即"地中之气"。"接地气"就是接大地之气，接生活之气，接劳动之气，接人民之气，接生命之气，接自然之气。同时，我们也不应狭隘理解为表面贴满大地的语词就是"接地气"了，"接地气"根本在于生命的鲜活心灵的绿色生态；是人心与地心、天心的统一；是诗的飞翔之翼始终与时代的风云并驾齐驱；是诗的一呼一吸，与一切生命息息相关；"接地气"就是驻足于现实的鸟巢，系根于历史与现实的沃壤深处。读麦对先生的诗词，就感觉这种清新的地气阵阵扑来。如《雨水》："雨珠涤翠柳，汇聚万溪流。润物呈新貌，春来贵似油。"雨接盈盈草木之气，一夜之间洗绿了杨柳，雨有生生不息之气，万壑千溪都在奔流。在雨的滋润下，无物不焕然一新，这是自然的春雨，自然之气，也是时代的好雨，时代之气。再如《小暑》："杂草罩禾秧，田荒锄地忙。阳光直射下，汗淌满身脏。"读此，让我们想到那首家喻户晓的唐代李绅的《悯农》"锄禾日当午，汗滴禾下土。谁知盘中餐，粒粒皆辛苦。"也令人想起陶渊明的"晨兴理荒秽""草盛豆苗稀"，不同于前辈的是，麦对笔致更细，四句皆具象呈现，形象更为逼真！是亲身参加劳动的感受，也就更接地气，劳动之气。

　　人民的伟大，在于创造了世界；没有辛勤的劳动，焉能有生存的美好！"柴荆当锦缎，萱草胜弹簧"十个字写尽了农民兴修水利，挖河开渠，工人建筑高楼大厦而长年累月挤睡地铺的情景。《家穷没形象》，读来，尤令人辛酸："家苦无形象，发乱一身脏。烂鞋穿上吧嗒响，脚趾无处藏。世俗人分档，贵贱看着装。身穿破衣鄙眼望，自卑愧难当。"没有切身体验，就没有认识的穿透力，就没有"烂鞋穿上吧嗒响，脚趾无处藏"接地气的写照，真实是诗的生命，从心灵出发，直抵现实的真实，是诗的千古航标。

麦对先生的爱情佳作，尤其见出心灵的诚实与真挚，特录两首如下：

《长相思·情为何物》

昨相颜，今相颜，若不相约似度年。人别情更缠。
吃不安，睡不安，满脑相思心里烦。盼君到面前。

相思羞，梦相投，一见钟情笑上头。眼直话语休。
双手搂，喜泪流，今世结缘前世修。浪打永不丢。

情感真挚，用语直率、大胆，如敦煌曲子词，地道的民歌风味，表达的是爱的炽烈、纯美与"浪打永不丢"的坚贞，却无当今诗坛不时出现的那种粗俗直裸，不堪入目的淫声秽语。

集中更多家国情怀的抒发，如《航空掠影》："俯首观云海，状奇呈万千。峰巅伏猛虎，雾里聚神仙。旷宇涵今古，晴空送碧蓝。欣迎夕阳落，遍地罩红衫。"作者巡天于飞机之上，以俯瞰的角度，极状夕照的雄浑壮观，询为佳作。尤其是颈联"旷宇涵今古，晴空送碧蓝"自有涵盖天宇之气，穿越时空之力！结出日落天地的辉煌，犹如巨幅红衫笼罩，比喻之奇，气象阔大。

诚乃诗如其人，前年至中州采风，幸识麦对先生，其为人之忠厚、朴实、谦诚，及其所主持建筑企业之宏大，屡受中央领导的接见事迹，给我留下了深刻的印象。观瞻企业大楼，如同步入了诗词书画的琼楼玉阁，让人信服：他以博大的文化精神涵养自己，与现实人生融合为一，他所统帅诗化的企业员工必然与之并翼齐飞。感佩之际，曾即兴口占一绝赠新蒲集团并王麦对诗友："万仞长天立，云飞起玉龙。蓬莱应不远，积石既成峰。"录此作结，是为评。

2020 年 5 月撰于黄鹤楼下衔石斋

傅占魁：民进湖北省委会《楚声》杂志编辑部主任、编委、副主编。湖北作家协会会员，中华诗词学会导师，中诗协顾问，中国楹联等学会会员，湖北省楹联学会常务理事，诗词学会理事。

诗人王麦对先生的诗词写作

彭进

蒲韵吟草

喜爱写字之人，对"砚边书"三个字大抵都比较熟悉。所谓的"砚边书"，大意是指，对于喜爱写字尤其是有一定书法造诣的人来说，平时写字，大多是要拿给人去看的，因此，在下笔之时，潜意识之中就明白自己要"写给人看"，不论是迎合众人、迎合他人、迎合风尚也好，或者说突出个性、彰显自我、标新立异也罢，多多少少都会有一些"做作"的成分。而在砚边的废纸上偶尔试笔，无意之中写了一些字，过后却常常自我欣赏，感觉越看越好。其实，这样的感觉不难理解，因为，"砚边书"属于纯粹的、自我的作品，它表达的是个人致性，不存在任何做作、虚假的成分，无拘无束，毫无遮蔽，故而，不仅书写者自己喜爱，连旁人观之，也觉得别有一番韵味。

书法创作上如此，文学写作上同样这般。就我个人而言，对那些"没有目的性"的文学创作格外喜爱，尤其是那些纯粹地抒发个人兴致，表达个人情怀，不以发表甚至不以让人阅读为目的的作品，在我看来，才是真性情之作。以这样的视角来看，王麦对先生的诗词作品，堪称是"砚边书式的写作"。

王麦对先生是一位致力于实业的企业家，事业上可圈可点，建树甚多。然而，在繁重的事业之余，他依然没有忘却一生钟爱的文学梦想，只要稍有空闲，便填词赋诗，借以抒怀明志，修身养性。以我之见，王麦对先生的诗词作品，绝非是为发表而作，亦不是为让别人欣赏而为之，这些作品，仅仅是诗人心路历程的一种观照，是诗人自我倾诉的一种表达，是诗人人生经历、个人情怀、思维感悟的一种外在传达，我手写我心，水到而渠成。这样的写作是个人式的，也是纯粹的。

诗人王麦对在七言诗《三十有感》中如是说："三十而立度岁虚，半截入土自为稚。掐算人生日程路，风华正茂有几时？"而立之年，自省人生，对生命的感喟、对时光的流逝，通过短短的二十多个字，恰当概括，传达自如，引人深思，意味悠长。《暗恋》一诗则这样写道："花开一朵独烟艳，芳侵肺腑润心间。爱美之心人皆有，隐在心底心更甜。"此诗以"暗恋"为题，这大抵也是普世之中，绝大多数人都有过的一种阅历，诗人却能寻常之中找特质，给人异乎常人的生命体验。诗的前两句以花喻人，虽然是寻常可见的比喻，诗人巧妙地将之与"赋比兴"中"兴"的手法有机结合，尽管这或许是诗人自身都未曾意识到的，却给阅读者一种独特的审美体验。而"爱美之心人皆有，隐在心底心更甜"两句，堪称独辟蹊径，大智若愚。不言相思之苦，却说隐爱之甜，虽是年少遗憾事，却藏人生大智慧。

　　"诗言志"，相较而言，词在最初的发展阶段，则侧重于个人小情趣、小情怀的表达，属于偏向私人化的文体，格局相对较小。宋人苏东坡则改变了这一局面。清代文学家刘熙载《艺概》云："词至东坡，其境益大，其体始尊，无意不可入，无事不可言。"苏东坡以诗入词，打破了诗与词表达内容的界限。而在诗人王麦对这里，词的创作不仅富有诗的意蕴，自身又兼具豪放与婉约的双重风格，更难得的是，他能将今人的反思精神融入于词，以词之"旧瓶"，装今日"新思"。《念奴娇·赤壁游》与苏东坡的同题词遥相呼应，只不过，与一般的游历诗词略显不同的是，诗人王麦对融入了个人对战争与和平的思考。"豪杰周郎，英勇盖世，白骨堆成山。群雄争霸，民生坠入深渊"；"远离战火，人所向，华夏团结向前。太平盛世，一年胜一年，人悦心甜"，既有对历史英雄的仰慕，又心系民生，富有悲悯情怀。这样的大情怀，寄予"砚边书式的写作"之中，表面上看似乎有些突兀，反差甚大，其实，这正是诗人博大情怀无意之间的表达。"穷则独善其身，达则兼济天下"的儒家情怀，在王麦对的诗词之中，都有着极好的体现。

与《念奴娇·赤壁游》不同，《卜算子·农家小院美如画》一词，则毫无遮拦地传达着诗人的隐逸情结。"自栽自采乐其中，坐家看风景"；"中秋辣椒尽紫红，白菜傲雪冬"，在这里，我们可以清晰地感受到诗人从陶潜、王维、孟浩然等诗人那里继承而来的田园之风，小桥流水，温婉细腻，梅兰竹菊，雅致有情……

无论作诗，还是填词，诗人王麦对皆是不矫饰，不浮夸，不隐匿，不做作，以"砚边书"式的书写，描摹随见所思，传达人生致性，这般的写作态度，甚至值得诸多的专业创作者去品味借鉴，思考学习。

彭进：青年作家、评论家，任《大河》诗歌编辑部主任。

后记

　　历经多年，两本书终于付梓。怀着无比兴奋的心情，好似自己的"孩子"从孕育到出生，再到成人，是一个艰辛的过程。但无论优劣，总算是对得起自己，无愧于心。

　　关于我的诗词创作，严格说不能称作是诗词，我的作品大都没有按古诗词的平仄要求去写作，也没想着出版发表，完全是自娱自乐，业余爱好。因为我出生在农村，不会说普通话，地方方言发音难改，上学学习汉字时发音不准，对每个字是平声还是仄声到现在也没有弄明白，要想按古诗词的格律要求还得一个字一个字地去查字典，真是一件既麻烦又苦恼的事情。因此，我非常赞成一些诗人的观点，诗词创作也需要改革，不能全部照搬古人的条条框框。诗词是中华文化的精髓，要让中华文化发扬光大，要让热爱文学的新人勇于涉足，不能让想写作的新人把诗词看得多么神秘和奥妙，而望而却步。再者，随着时代的变

蒲韵吟草

迁，文字的读音也会发生变化，就现在来说，北方人和南方人在同样的文字读音上也是有着差异的。古人作词是根据乐谱而填写的，是为了演唱的，现代人写作诗词是以阅读为主的。对业余爱好者来说，写诗填词不一定每个字及韵脚都符合古诗词的平仄要求。只要按照词牌的句式排列，字数相同，基本押韵，立意新颖，用字准确，每一个字都能起到作用，描写时形象生动，过程的叙述以及组词造句的修辞符合逻辑，达到意境圆满，读起来朗朗上口，给人有一种美的感受，即可称为诗词。用几十个字或一百多字就能展现出自己所要表达的意愿，发自内心的情感。对于初学者，也不要过于追求含蓄，尽量不使用生僻字，不要认为自己的作品让别人读起来似懂非懂就是好诗。当然，如果作者有深厚的文化底蕴，在不影响意境的情况下，严格地按照古诗词的格律要求赋诗填词，才能成为诗词界的名家。以上所述，是我的个人观点，仅供读者参考。也可能是错误的，权当是为我自己的拙作寻找解脱的理由罢了。

我在少年读书时有很多梦想：一是想当一个农业技术员，科学种田，解决温饱问题；二是想当一个受人尊敬的教书育人的教师；三是想做一个治病救人的白衣天使；四是想当一名英姿飒爽、保家卫国的解放军战士；五是想做一个打造家具、修建房子的能工巧匠，多创些收入，改善自己和他人的居住条件和生活环境；六是想当一名作者，把自己一生所遇见的人和事，以文学的方式书写出来传给后人；七是等自己老了，开点荒，种点地，养些花，种点菜，养上几只鸡鸭鹅，与家人共享天伦之乐，做一个丰衣足食、逍遥自在的活神仙。少年的梦想大都没有实现，但也有几个方面达到了自己的意愿。例如，虽然没有正式加入中国人民解放军，但在自己的公司建立了预备役民兵营，我本人也被上级主管单位授予了预备役校官军衔，也非常荣耀地穿上了绿军装。又如，我自愿选择了建筑业谋生，从小工做到技工，再做到施工技术员、会计员、预算员、施工队长、一级项目经理、房建一级建造师、优秀高级职业经理人、高级经济师、正高工程师、集团公司总经理，所施工和管理的项目遍布全国各地，且走出了国门。每当看到这些工程项目，就像看到自己的孩子一样高兴，内心就感到无比自豪，通过这些项目，我本人也获得了诸多荣誉。关于文学创作的梦想，虽然我的作品欠佳，本人也成了中国诗歌学会、中华诗词学会、中国楹联学会的一名会员，也可称为一位诗人，算是圆了少年时的一个梦。总的来说，一个人只要有梦想就有了生命的动力，只要执着地拼命追求，无论结果如何，也无愧自己的人生。

蒲韵吟草

回顾自己的一生，也有很多遗憾。最愧疚的是，为了工作和事业，没有周到地孝敬自己的父母，报答父母的养育之恩，没有承担起做儿子应尽的义务。也愧对我的妻子付巧云，自从与我结婚后，所有的家务，包括我的生活起居和孩子们的生活起居，全靠她一人无怨无悔地承担着，我心里也感到非常内疚。还愧对给予我关爱和帮助的领导、亲友、同事，没有给以相应的报答，心里常常感到不安。也非常愧对我的孩子，自从孩子们出生后，很少陪伴在他们的身旁照料他们的生活，也很少辅导和监督孩子们的学习，连他们在哪个班上课、老师姓什么我都不知道。陪孩子们去一次公园，对孩子们来说就是一个奢侈的请求。由于工作上的压力，再加上自己性格孤僻内向，不善于与人们聊天沟通感情，见了自己的家人也说话很少，经常绷着严肃的面孔，使孩子们对我产生了敬畏心理，也不敢与我交谈。我也非常羡慕别人家有说有笑、无话不谈的父子关系，而我没有做到。年轻时，光想着趁自己年富力强，将事业多做出一点成绩，没有腾出一些精力和时间培养自己的孩子，也使孩子们缺失了有父爱的童年，我是一个不称职的父亲。失去的时光难以复返，在我的有生之年，只有在他们的孩子身上进行补偿了。

在拙作付梓之际，首先感谢我的父母，是您们给了我生命，在家庭极为贫困的情况下，供我完成了学业，还教我怎样做人。还要感谢我的恩师，是您传授了文化知识，使我在人生的道路上，有了生活的本钱。我也没有忘记您的教导，做一个对社会有用的人。还要感谢我的大哥王双对、大嫂陈素芳，长兄如父、长嫂如母，你们对我的呵护和无微不至的关怀，特别是对我们自己家的大家庭建设、大家庭的幸福、大家庭的和睦相处做出了无私奉献。其次要感谢在我的工作中对我支持和关心的各位领导、亲友和同事。还有与我一起工作、生活、学习的同事王及义、王珍亮、张金鹏等同志为我出书所做的无私帮助和付出，表示感谢。

拙作得以出版，衷心感谢当代著名诗人黄莽先生、叶延滨先生、高旭旺先生、包德珍先生、傅占魁先生、彭进先生、王全书先生对我的作品进行指导和帮助，他们在百忙之中为拙作撰写评论文章，并为本书题写书名。

我的作品能够得到以上几位著名诗人的认可和褒扬，使我受宠若惊，是我人生中最大的荣耀，必将为我以后的创作产生动力。我也不会忘记各位老师对我提出的殷切要求和期望，戒骄戒躁，多读书，多学习，提高自己的写作水平，努力创作出更多更好的作品，来回馈读者。

作为一位诗人，首先要做一个有良知的人，要肩负起

蒲韵吟草

社会责任，歌颂真善美，宏扬正能量，勇于抨击危害人类社会的人和事及不良风气，为传承和发扬中华传统文化做出自己的贡献。我常常想起著名诗人高旭旺先生说过的话："诗是一个民族的一盏灯，如果这个民族没有诗，就不是一个完整的民族。在路上，我们就是点灯的人。"最后，我用北宋儒学家张载的名言作结："为天地立心，为生民立命，为往圣继绝学，为万世开太平。"

王麦对

2021 年 2 月于郑州